开学第一课

国家教育部、中央电视台联合推荐
全国小学生梦想美文优秀作品

月光留下的脚印

《开学第一课》编写组　编

时代文艺出版社

图书在版编目（CIP）数据

月光留下的脚印 /《开学第一课》编写组编. —2版.
—长春：时代文艺出版社，2016.2（2023.7重印）
（开学第一课. 小学生）

ISBN 978-7-5387-5010-2

Ⅰ. ①月… Ⅱ. ①开… Ⅲ. ①中国文学－当代文学－作品综合集 Ⅳ. ①I217.1

中国版本图书馆CIP数据核字（2015）第286367号

出 品 人 陈 琛
责任编辑 余嘉莹
装帧设计 孙 利
排版制作 隋淑凤

月光留下的脚印

《开学第一课》编写组 编

出版发行 / 时代文艺出版社
地址 / 长春市福祉大路5788号 龙腾国际大厦A座15层 邮编 / 130118
总编办 / 0431-81629751 发行部 / 0431-81629755
官方微博 / weibo.com / tlapress 天猫旗舰店 / sdwycbsgf.tmall.com
印刷 / 北京市一鑫印务有限公司
开本 / 710mm×1000mm 1 / 16 字数 / 109千字 印张 / 12
版次 / 2016年2月第2版 印次 / 2023年7月第3次印刷 定价 / 36.00元

《开学第一课》编委会

编委会主任：韩　青　许文广

主　编：许文广

副主编：卢小波

编　委：张雪梅　骆幼伟　张　燕　吴继红

　　　　陈　琛　娜仁琪琪格　苗欣宇

《开学第一课》的价值

有人问我，《开学第一课》的价值在什么地方？我认为最重要的就是全社会希望并通过我们传递出来的价值观。多元是时代进步的标志，我们尊重不同的声音和价值理念，但是作为教育部和中央电视台联手举办的这项公益活动，我们要传递的是主流的、与时俱进又符合中华文明传统的价值观。

在2008年，我们通过《开学第一课》传递了抗震精神和奥运精神；2009年正值新中国60周年华诞，我们在象征着民族精神的长城，为孩子们播撒下爱的种子；2010年，我们告诉孩子们，一个拥有梦想的民族，一个不断仰望星空的民族，就是拥有未来的民族，人生的每一个阶段都需要梦想的指引、坚持和探索，而每个人的梦想汇集起来就可能成为国家的梦想、民族的梦想。

举办《开学第一课》三年来，我个人也有一个梦想，我梦想这项目光远大、朝气蓬勃的公益活动能够坚持举办10年，让它给这一代孩子的成长提供正面的、积极向上的力量，这就是《开学第一课》的意义所在。

我希望全社会的力量汇集起来，给孩子们一种价值观的教育，中央电视台愿意承担使命，联同教育部把这项公益活动做好。我们也欢迎全社会各界积极参与、支持，从出版、纸媒、网络、志愿行动、慈善事业等各个方面，加入到这个追逐共同梦想、打造恒久价值的公益活动中来。

由此，我亦十分高兴地看到《开学第一课》系列丛书的出版，我相信时代文艺出版社正是基于我们共同的理想，以出版的力量为孩子们的未来创造了更丰富的阅读食粮，为《开学第一课》的精神理念提供了更多样的传递方式。

中央电视台 许文广

CONTENTS

目录

第一部分　小水滴奔向大海

小女孩的梦 ……………………… 殷　蕾 / 002

浅蓝色的天灯 …………………… 宁采旭 / 007

寻找彩虹 ………………………… 吴力妍 / 010

动物奥运会 ……………………… 邓润熙 / 012

小水滴奔向大海 ………………… 李芷琪 / 015

天　眼 …………………………… 陈小秀 / 017

梦想的种子 ……………………… 杨丹妮 / 020

一只鸽子对和平的向往 ………… 张祥玮 / 023

每个小动物都向往快乐 ………… 李怡然 / 025

燕儿的泪 ………………………… 陈　成 / 027

巨人星球一日游 ………………… 袁沁铃 / 029

小猪和小熊 ……………………… 邓秀红 / 032

风雨之中 ………………………… 戴锦凯 / 034

举重比赛 ………………………… 王依铭 / 037

魔力灭鼠记 ……………………… 王蜜儿 / 039

小鱼漫游记 ……………………… 方宇飞 / 041

第二部分　心中的明灯

我的梦　中国梦 .... 谢　仪 / 044

我要站在高高的讲台上 .... 金　杨 / 046

祖国，我为你骄傲 .... 杨　雪 / 048

篮球明星梦 .... 施少聪 / 050

天上又多了一只雄鹰 .... 李　卓 / 052

我是小小魔法师 .... 潘锐东 / 054

我心中的NBA .... 张浩博 / 056

我是谁 .... 吴博洋 / 058

心中的明灯 .... 宋沁真 / 060

一不小心长大了 .... 宋思晨 / 062

第三部分　努力了，就不后悔

囚　鸟 .... 金雨茜 / 066

我们班的"八大家" .... 吴依尔 / 072

我是小小魔法师 .... 朱　静 / 074

想和校长聊聊天 .... 王成娟 / 076

最初、现在、未来 .... 潘燕红 / 078

校园五味瓶 .... 鲁　雨 / 080

"朱丹桐"诞生记 .... 朱丹桐 / 082

一件难忘的事情 .... 苏丽蓉 / 084

凌老师扮演的角色 .... 刘起航 / 086

努力了，就不后悔 ·················· 罗弘毅 / 088

巧识"辛"和"幸" ·················· 夏之野 / 091

再见了，我的朋友！ ·················· 徐超琼 / 093

就读新西兰 ·················· 张蓝天 / 096

我的语文老师 ·················· 殷芳程 / 099

感谢有你 ·················· 郭思佳 / 101

我们班的三大女生 ·················· 沈佳洁 / 104

热心的人 ·················· 曹君恺 / 106

第四部分　想要一对小小的翅膀

树的帽子（组诗） ·················· 杨童舒 / 110

小小的我（组诗） ·················· 王永晨 / 119

太阳与云朵（组诗） ·················· 周俊臣 / 122

第五部分　每个小生灵都有自己的梦

观察日记：蚕宝宝 ·················· 赵昱华 / 126

期盼主人的小黄狗 ·················· 尹　隽 / 129

看　猴 ·················· 费亚辰 / 131

爱听音乐的小乌龟 ·················· 胡俊智 / 133

宝宝一天一天长大了 ·················· 单　铭 / 135

我心爱的小乌龟 ·················· 曹一宁 / 137

非常喜欢它们 ……………………… 张明悦 / 139

我爱爷爷的画眉鸟 ……………… 韩子婴 / 141

我家的淡水龟 …………………… 章啸威 / 143

一只受伤的鹰, 心向天空 ………… 刘方琦 / 145

依林是只小麻雀 ………………… 郝苗苗 / 147

我的朋友, 你还好吗? …………… 郭梓超 / 149

金　鱼 …………………………… 秦紫怡 / 151

巴西彩龟 ………………………… 冯允之 / 152

送我一只小白兔 ………………… 阮瑞云 / 154

第六部分　假如我是一阵风

绿色的小路 ……………………… 邓泓清 / 158

我的乐园 ………………………… 陈嘉阔 / 160

假如我是一阵微风 ……………… 侯东梅 / 162

校园里的路 ……………………… 刘葛鑫 / 164

梅林公园 ………………………… 西瓜瓶 / 166

窗外阳光 ………………………… 郑　可 / 168

乡村小景 ………………………… 黄　捷 / 170

早　晨 …………………………… 赵时轮 / 172

我爱金秋 ………………………… 王思羽 / 174

春色赋 …………………………… 陆一峰 / 176

游山吧 …………………………… 张海洋 / 178

人间仙境——黄台湖 …………… 王子鉴 / 180

雪 ………………………………… 王敬婷 / 182

第一部分
小水滴奔向大海

女孩去买了一个浅蓝色的天灯，看着天灯缓缓升上天空，她突然想起，自己很小的时候，曾经写过一封信，还把它放在浅蓝色的天灯上寄给月亮。女孩不禁抬头仰望深邃的夜空，她仿佛看到月亮在空中微笑，浅蓝色天灯在空中翩翩起舞。

——宁采旭《浅蓝色的天灯》

小女孩的梦

殷 蕾

一、小女孩

在美国东部的康涅狄格州的大草原上，有一座典雅的小房子，住着一个叫蒂娜的小女孩和她的爸爸妈妈。

蒂娜是一个性格外向、开朗的小女孩，人见人爱。但人不会是十全十美的，蒂娜也有一个缺点，就是喜欢荣华富贵。这也许是因为她出生在纽约的缘故吧。她的爸爸妈妈怕她在繁华的城市里太爱华丽了，就搬到了康州。但蒂娜还是喜欢漂亮的大衣和精致的皇家装饰物。

蒂娜喜欢美，自然长得也很美。她有一头金黄色的卷发，一对淡淡的柳叶眉，最漂亮的要属她那一对蓝宝石似的大眼睛了。最近，蒂娜非常兴奋，因为还有几天就是她的生日了，她马上就12岁了，她正高兴地期待着她的生日party呢！

二、准备party

这一天，就是蒂娜的生日前夕了。一大早，天刚蒙蒙亮，蒂娜就起床了。今天她还要布置party和发请帖呢！

蒂娜从抽屉里拿出卡纸和闪星星的荧光笔，先选出一张淡粉色的卡纸和一张淡蓝色的卡纸，分别写上："Dear, Would you like to come my party！"这应该给爸爸妈妈吧！蒂娜想。接着，她又拿出许多张黄色的卡纸，写给好朋友："Dear friend, come here！A big surprise wite you！Lucy"

吃过午饭，蒂娜开始收拾屋子，她希望自己的小房间能变成小仙女的舞会厅。蒂娜将漂亮的装饰物和华丽的字幅挂在灯上、墙上和柜子上。她把彩带和气球散落到地上。"装饰得真像小仙女的舞会厅啊！"爸爸夸赞蒂娜。吃过晚饭，蒂娜就早早上床睡觉了，因为明天她可要过生日呀！

三、梦中世界

渐渐地，蒂娜进入了梦乡。在梦中，蒂娜感到空中吹过一阵风，她睁开眼睛，发现了一个神奇、美丽、无与伦比的世界。

蒂娜被眼前的景色迷住了：在一层雪白的云上，许许多多的小仙女在忙忙碌碌地飞来飞去，像是在准备一场生日晚会似的。有的小仙女在用大勺子搅拌面粉；有的小仙女看守着烤箱；有的用彩带包装礼物盒；还有的在布置房间，肯定是为舞会做准备吧！蒂娜心想。她一抬头，看到一位大一点儿的仙女，好像是女王，身穿华丽的大衣，长着一头与蒂娜一样的金色秀发。她的翅膀大极了，差不多是小仙女的两倍，蒂娜深深地被她那迷人般的美丽所吸引。

四、小仙女安妮

蒂娜继续向前走，来到小仙女们的中间，这时，飞来一个扎着金黄色蝴蝶结的小仙女，落在安妮的身边，友好地伸出手拉起蒂娜的手说："你好！欢迎你参加小仙女派队！那是我们的维多利亚女王。"说着，便向宝座一指。"我叫安妮，你叫什么名字啊？"

蒂娜松了一口气，回答说："我叫蒂娜，我很想成为小仙女，但是……我没有翅膀啊。"

"没关系，"安妮拿出一对美丽的翅膀送给蒂娜，"你喜欢吗？"她问。

"漂亮极了！"蒂娜羡慕地看着。

"那你就来帮我们烤面包吧！"安妮拉着蒂娜来到烤箱边，并给她做示范。蒂娜边看边想：这还不是小菜一碟吗？她胸有成竹地说："没问题！"

五、不容易

第二天一大早，蒂娜便开始了她的第一个工作日。她刚来到烤箱旁就发现了一盘又一盘的面包、蛋挞和饼干，蒂娜心想：今天起得还不够早吗？

这时，安妮飞过来，对蒂娜笑笑说："你起得太晚了！"

蒂娜满面疑惑地问："那应该几点起呀？"

"4：30起啊！"安妮回答。蒂娜惊得目瞪口呆，好半天才回过神来。安妮说："快干吧，加油！"

蒂娜打开烤箱，把托盘放进去，然后便心不在焉地睡觉了。不一会儿蒂娜就睡着了。她一睡便过了两个多小时，面包早就烤焦了，不一会儿就着火了。蒂娜迷迷糊糊地听到"救火，救火"的喊声，她清醒过来，看到数百名小仙女正在救火，蒂娜很内疚，便悄悄地溜出了面包房。

六、礼物

蒂娜来到一间大礼堂，她发现许多小仙女正在包装礼物盒，那一个个小礼物被心灵手巧的小仙女装饰得漂亮极了，丝带缠出的蝴蝶结也恰到好处，五颜六色的包装纸更是添彩。

蒂娜走到一个小仙女旁，用害羞的声音问："我叫蒂娜，我能帮你包装礼物吗？"

那个小仙女说："好吧，蒂娜，但我看你是做不好的！"说完就走了。

蒂娜想：我一定做得好。于是，她按照其他仙女的样子用丝带把礼物盒缠了几圈，然后系了一个大蝴蝶结，可是她发现自己折得不好看。她正在思索，这时，那个小仙女把蒂娜挤到一边，说："我说对了吧？"

蒂娜伤心极了，她想：我真笨！不由得哭了起来。

七、生日到了

这时，蒂娜突然听到"起床啦，起床啦！"，她不情愿地睁开眼睛，看到妈妈和蔼的笑容。她喃喃地说："噢，原来是场梦啊！"

蒂娜刚起床，门铃就响了，她的好朋友都来了，她快乐地玩了一天。晚上，她回到爸爸妈妈身边，妈妈欣慰地说："蒂娜好像变得朴素和节约了，今天吃蛋糕时也不贪吃了。"

蒂娜偷偷地笑了，因为她有一个小秘密。

浅蓝色的天灯

宁采旭

浅蓝色的天灯随着白云越飞越高，越飞越高，向着深蓝色的天空。地上的一个小女孩开心地笑着："噢噢，天灯飞上天啦！"

有一天，她突发奇想：我可不可以跟月亮交朋友呢？把我的信放在天灯上，月亮一定可以看到的呀！

于是，她给月亮写了一封信：

> 小月亮：
>
> 我是地球上的一个女孩，如果你看到了我的信，你可以跟我交朋友吗？

小女孩把信放在浅蓝色的天灯上，看着天灯越飞越高，她的希望在心里也燃烧起来。

月亮收到小女孩的信和天灯，已经是很久以后了，因为月亮离地球很远啊。月亮想要见见这个可爱的女孩，她决定去地球找小女孩。月亮带上浅蓝色的天灯出发了。

很久很久以后……

小女孩长大了，她开始学油画了。她总是很忙。

小月亮终于来到了地球，她长成漂亮的大月亮了。但是，她一直没有忘记，那个可爱的女孩和她的天灯。

月亮在熙熙攘攘的人群中穿行，她总是看到一个女孩，背着画夹，长长的头发在风中高高地飘扬。月亮很奇怪，她对这个女孩有一种似曾相识的感觉。

有一天夜晚，月亮在深邃的空中穿行。她的光亮使夜晚分外宁静。月亮飘到了女孩的学校附近，她看到女孩在画画。月亮走近女孩，只见温馨的黄光照亮了她秀美的脸。月亮跟女孩打招呼。

"你在画画？画什么呢？"

也许女孩想不出来该画什么，她的语气中透着一丝无奈："不知道，这可是全国的比赛啊，我到底该画什么呢？"

月亮笑了笑，她想起女孩背着画夹，长长的头发在风中飘，匆匆赶路的样子。

"你总是很忙吗？"月亮轻轻地问她。等不及女孩回答，月亮又说："也许，你的生活被周围的事物占满了，你都没有时间思考到底要画什么。"

女孩停下笔："是的，我也不愿意这样，但是这里的人们都是匆匆忙忙的，他们有太多的任务和使命要完成啊。"

月亮举起了那浅蓝色的天灯，天灯温柔的光芒照亮了女孩的画纸："可爱的女孩，我经常在街上看见你，你总是匆匆忙忙的样子。也许，你应该偶尔回头看看，捡起你的回忆……在我很小很小的时候，我收到了这个天灯，有一个小女孩说，她想跟月亮交朋友，于是，我来了，我天天在寻找这个女孩。可是她好像一直都没有出现。但是，那个天真的女孩给了我很多美好的向往，我感谢她。"月亮久久地看着天灯，她的眼睛里，心里充满了浅蓝色的回忆。

女孩望着天灯的光芒，她想起了很多很多的事：小时候在门前的庭院捉迷藏，迷路大哭起来；在小河里游泳，被螃蟹夹了手指；在爬树的时候，遇到过跟她打招呼的毛毛虫；还有，每一个夜晚她都要放天灯，看着天灯缓缓升向空中，她心满意足的样子……

月亮抱着天灯，在回忆中慢慢飘远，她要回天上去了。

女孩猛地从回忆中清醒，她望着远去的月亮，画了一幅画，名叫"浅蓝色的天灯"，这幅画在全国的比赛中获了大奖。

得奖之后，女孩去买了一个浅蓝色的天灯，看着天灯缓缓升上天空，她突然想起，自己很小的时候，曾经写过一封信，还把它放在浅蓝色的天灯上寄给月亮。女孩不禁抬头仰望深邃的夜空，她仿佛看到月亮在空中微笑，浅蓝色天灯在空中翩翩起舞。

寻找彩虹

吴力妍

有一只漂亮、可爱的兔子，她做了一个很美的梦。她梦到自己正在草地上和蝴蝶嬉戏，突然她听到一个声音："风啊，咱们的彩虹妹妹真是越来越漂亮了，如果世界上的人看见了她，一定会赞美的。"

兔子听了不禁想：彩虹是什么东西？

另一个声音接道："是呀，彩虹的美貌真是无人能比呀！"

"那也是先经历了风雨才能看到我呀。"一个甜甜的声音传过来……

小兔正想再听听，不料被妈妈叫醒。她问妈妈："妈妈，彩虹是个什么东西呀？她长得美吗？"

妈妈告诉她："彩虹很漂亮，她有七种颜色，像一座桥挂在天上。"小兔子很想见见这座美丽的桥，于是，她便动了一个念头：自己去寻找彩虹。

第一天，小兔子走到沙滩边，她看见小海龟在晒太阳，就走上前去，很有礼貌地问："海龟弟弟，你知道彩虹在哪儿吗？"

小海龟说："彩虹在那边的陆地上，你到那里去找吧！"小兔子告别了小海龟，乘船出发了。

第二天，小兔子来到对岸的陆地。在森林里，她看见一只小鹿正在悠闲地散步，小兔子看见了急忙走过去，很有礼貌地说："小鹿姐姐，你知道彩虹在哪儿吗？"小鹿回答："你沿着这条道一直走，相信你会找到彩虹的，不过，彩虹在风雨后才能出现。"

第三天，小兔子沿着小鹿指的方向继续向前走。走进了森林，走到了农村。"这里真热！"小兔自言自语。太阳就在头顶上，于是她走到大树下乘凉。忽然她感到风哥哥在往这边走，风哥哥提醒小兔子说："快避避吧，雨姐姐要来啦。"小兔不知躲到哪儿好，她怕错过看彩虹的好机会，便找了个树洞钻了进去，只探出脑袋来。

刚才还晴空万里，霎时间乌云密布，好像打翻了墨水。雨淅淅沥沥地下着，雨姐姐不敢使劲，怕把小兔冻感冒了，可总是这样下雨，彩虹也不会出来呀，这真把雨姐姐给难住了。彩虹似乎看出了雨姐姐的心事，便说："风雨呀，使劲吧，我们要让小兔明白，只有付出才能收获，只有努力才能成功。如果她真能坚持到最后一关，就能见到美丽的景象了。"于是，风刮得更猛了，雨下得更大了，小兔的毛湿湿的，冻得直发抖，但她不理会这些，只盼望彩虹能快点出现。

雨停了，太阳公公对彩虹说："彩虹姑娘，小兔为了找你，历经千辛万苦，你可不要让她失望呀！"彩虹说："她的故事令人感动，我们要尽我们所能，满足她的愿望。"天晴了，小兔发现了天空中的桥："红、橙、黄、绿、青、蓝、紫，七种颜色，这就是彩虹！"小兔一边兴奋地大叫，一边认真地欣赏起来……

风、雨和彩虹也为小兔高兴，他们相信：这样一只坚强的小兔看到的不仅仅是彩虹，还有对美好未来的信心。

动物奥运会

邓润熙

奥运会不仅是人类的盛会，也是动物们的盛会。瞧，狮子大王听说人类举办奥运会，决定动物界也要举行运动会。狮子大王这么一点头，那边的狼、象、狐狸等大臣就忙活起来了。找场地，建场馆，确定规则，选拔运动员。好在狮子大王说了，"活动一律从简"，尽管如此，也挺忙人的。经过一个多月的辛劳，总算忙得差不多了。比赛的时间定在9月9日，比赛的场地就在森林后面的草地上。

终于，比赛在大家的期盼中到来了。来参加奥运会的动物真多，参加跳高比赛的有藏羚羊、袋鼠、青蛙等；参加铁饼比赛的有大象、熊和野猪、犀牛等；参加跑步比赛的有老虎、飞鹿、兔子、猎豹等；小乌龟居然也来凑热闹，来参加跑步比赛。听说它曾经比赛打败过兔子，大家对它参赛拿奖牌并不看好，但对它的勇气还是很佩服。

比赛正式开始了，首先举行的是跳高比赛。藏羚羊、袋鼠、青蛙等运动员各显神通。藏羚羊助跑，起跳，腾空跨越，做得非常完美，那矫健的身姿连同那优美的跨栏曲线给动物们留下了深刻的印象。袋鼠虽然看起来有些笨重，可是跳起来却是那样轻松，也没有助跑，只一纵身，居然超过了藏羚羊的高度，暂居第一。轮到青蛙了，只见它呱呱两声，吸足了气，一个纵身，居然也跳得很高，可惜失去了准头，跳歪了。青蛙下来后，肚子都快气炸了。但比赛就是比赛，没有后悔和埋怨。最后冠军毫无悬念地落到了袋鼠的囊中。

掷铁饼比赛开始了。首先上场的是猪，它对自己说："我一定要为猪争光。"所以它把吃奶的劲都使出来了，鼻子一拱，把铁饼拱到了草地边上。大家欢呼起来，特别是猪们，张着大嗓门死命地在吼。接着是大象出场。大象伸出长鼻子，卷起铁饼，只轻轻一甩，铁饼不见了。大家连忙四散去找，最后在山顶上找到了。不用说大象的成绩最好。其他选手一看大象这么厉害，估计自己也比不过，但是，为了体现奥林匹克精神，重在参与，许多选手也扔了，有的扔到草地边上，有的扔到河边，但是没有一个能扔到山顶的。大家知难而退，主动认输。于是大象拿到了冠军。

最激烈的要算跑步比赛了。因为这里聚集了动物界的跑步高手，老虎、骏马、飞鹿、兔子、猎豹等都纷纷登场，比赛场地设在山坡上。比赛开始了，反应最快的是飞鹿，一个箭步已经跃出两丈多远，再一个箭步已经是10米开外，老虎、兔子等赶紧追赶，一时比赛场上是硝烟四起，尘土飞扬，大家的情绪异常紧张激动。可是场上有一个运动员例外，它就是小乌龟。话说这个小乌龟自从上次与兔子赛跑出名之后，大家对小乌龟的评价是："跑的并不快，脑袋转得快"，因此，大家对这小不点根本不留意。等大家都跑出去了，大伙儿才发现起跑线上还有个小乌龟，还在做准备。大家忍不住笑了起来，有的则着急地喊："小乌龟，快，快跑呀！"小乌龟还是不慌不忙。终于，它开始行动了，只见它把头一缩，脚一缩，身子像个球一样骨碌碌只往山下滚去。大伙儿可真是大开了眼界，忍不住跟着小乌龟跑起来，想看个究竟，但谁也追不上。狮子大王亲自站在终点线上做裁判。一看动物们如万马奔腾，呼啸而来，就连忙做好准备，睁大眼睛想看清楚些。就在这时，一个球一样的东西从眼前一晃，接着听到一个声音："大王，我到了。"狮子大王才发现小乌龟得了第一名。等全体运动员都跑过了终点，第二名的猎豹不愿意了，说乌龟是作弊，不符合比赛规则。狮子大王也感觉不太对劲，可是对照比赛规则，又没有"只准跑，不准滚"这样的规定。所以，冠军还是颁发给了乌龟。

所有的比赛结束了，动物们举行了闭幕式，狮子大王总结说："这次动物运动会是成功的，发扬了奥林匹克精神。当然，由于是首届，缺乏经验，有些比赛规则需要商榷，这些问题，我们会在今后的比赛中再加以修订。那么，修订这事就交给狐狸大臣去办吧。"动物们一片欢腾。

据说第二届动物奥运会会更加精彩，最好有电视直播就好了，我们可以一睹它们的风采哟。

小水滴奔向大海

李芷琪

一百多年前，在一座很高很高的山上，有一个很小的小泉眼，不停地往外"扑哧"、"扑哧"地冒水。

一天，泉眼妈妈对刚刚冒出来的一颗超常的水珠（把它称为豆大都绰绰有余）说："孩子，你的个头真的很大，大得让人吃惊，我希望你能利用这方面的优势流到我一直向往的地方——大海。你知道吗？千里之遥，不足以形容大海的辽阔；万米之深不足以形容大海的深度……"大水珠瞪大了眼，眼睛里充满了向往的神情。"好！我一定要流到大海的怀抱里去！"大水珠说着便迫不及待地从泉眼里蹦出来，说了声："妈妈，再见！"

"扑！"一个泉眼里冒出的大泡泡把大水珠弹飞了。大水珠一路上看到的全是绿色，随着风，大水珠一路飞着……直到风停了，水珠落了下来。哇！真是天助水珠也，一片叶子"飞"到了大水珠的下面，充当了它的充气垫。一只斑鸠目睹了全过程，大声问道："水珠个不小，随着风飞翔，多亏落叶救，为何要这样？""我有着远大的志向，我要流向大海，希望泡泡把我弹出来，希望风儿把我吹下山。"大水珠答道。

突然一阵风吹来，大水珠连忙抓住叶子两边，闭上眼睛，默默地许愿：但愿这次能飞到大海里去。

风在大水珠耳边"飕飕"直响，只听"扑通"一声，大水珠与落叶全掉进了小溪。不久，大水珠又被太阳给蒸发掉了。天啊，我肯定没法去大海了！它沮丧地想。

可一会儿大水珠发现云里有许多与它体态相像的小水珠都在叽叽喳喳地说着："三分钟后我们就会落进太平洋里了！"

"扑，扑，扑……"云层里的小水珠们像跳水运动员似的跳进了大海里，大水珠也随即投进了大海的怀抱。望着无边无际的大海，大水珠说："大海先生，您知道吗？我和泉眼妈妈都很向往您，我来到您的怀抱就等于替我妈妈实现了心愿，我真高兴啊！"

大海说："你们这些可爱的小水珠，独自从遥远的山泉奔赴我这里，可真勇敢呀！若没有你们，我也不会如此强大。"水珠们都开心地笑了。

大水珠从此幸福地生活在大海里。

天　眼

陈小秀

　　暴戾的震魔发怒了！它那巨大的身躯晃动着，瞬时山崩地裂、房毁人亡，巨大的石块争先恐后地从高山上滚落下来，顿时把山谷河道堵塞起来了，形成了一个巨大的堰塞湖。江水失去了出路，一个劲地涨！涨！涨！下游告急，城市告急……

　　妄自尊大的堰霸高兴极了，狂笑道："哈哈，太好了，这下水龙跑不了啦！多亏震魔助我一臂之力，让我锁住这条恶龙！"

　　"嗤，别得意了，我岂是你锁得了的？山洪雨魔会来加入我，我的身躯会越来越庞大，当我成为巨龙的时候，你小小堰堤就完蛋了，我将连你一起吞没。到那时，下游成了一片汪洋，人类只能做鱼鳖啦！"水龙自信地说。

　　堰霸哪里听得进水龙的话？叫嚣说："哼，走着瞧，到时看看到底谁厉害！"

　　正说着，天空中传来了轰鸣声。"什么东西？"堰霸朝天上看去，这一看吃惊不小。只见一架大型直升机吊着一台掘土机飞来了！接着又飞来第二架、第三架……掘土机一落在堰堤上，就开始

掘土。堰霸惊讶地问："你们想干什么？"

"干什么？挖泄洪道，放水！看你还神气不？"掘土机冷冷地说。

堰霸一愣，是啊，自己的"锁龙"计划失算了，可是又一想，水龙也难成气候，就又高兴起来，说："这下水龙没希望了，再也甭想成什么巨龙了。"

水龙说："还说我呢，还是想想你自己吧！"

堰霸喃喃地说："经过这场大地震，道路全都被破坏了，人根本进不来，他们怎么知道这儿成了堰塞湖的呢？"

"我知道，掘土机都能运来，别说人了，早有飞机来侦察过了。"

"可水在不停地涨，也不能天天来看呀！"

这时，震魔开腔了："你们有所不知，高空中有一只巨眼无时无刻地在监视着我们呢。"

"天眼？什么天眼，我怎么不知道？"水龙惊诧地问。

"什么都让你知道还行？这天眼就是'北斗一号'卫星。你懂吗？"

"卫星倒是听说过。你快快说说这'北斗一号'是怎么工作的？"堰霸说。

"是这样的。"震魔说，"'北斗一号'卫星定位系统由两颗地球静止卫星、一颗在轨备份卫星、中心控制系统、标校系统和各类用户机等部分组成。工作时，先由中心控制系统向卫星Ⅰ和卫星Ⅱ同时发送询问信号，经卫星转发器向服务区内的用户广播。用户响应其中一颗卫星的询问信号，并同时向两颗卫星发送响应信号，经卫星转发回中心控制系统。中心系统根据用户的申请服务内容进行相应的数据处理，最后把结果由出站信号发送给用户。"

水龙说："怪不得我发现有人拿着仪器在这一带活动，敢情是地面用户啊！"

震魔说："那是'北斗一号'的终端机，救灾部队携带着终端机，不断地从前线发回各类灾情报告，为指挥抗震救灾提供信息支援。"

堰霸叹了口气说："这样看来，我们都没戏。在团结智慧、不折不挠的中国人民面前，我们的下场只有失败。"

震魔、水龙都不作声了。它们在自责、忏悔？还是在做下一步的打算呢？

梦想的种子

杨丹妮

在森林的一个废弃的小木屋里住着两只小狗熊，它们一个叫贝贝，一个叫欢欢。木屋很小，勉强可以容得下它们。一旦遇上刮风下雨，打雷下雪或者其他恶劣天气，它们就有吃不完的苦头。为这，它们没少发愁。

贝贝和欢欢都有自己的梦想，贝贝想拥有成片的庄稼，那样它就会有一栋大房子，那样它就不用再为变天而发愁了。可是，怎么样才能实现自己的梦想呢？经过深思熟虑，它们决定去寻找人们传说中的梦想老人。到那里去寻找实现梦想的种子。可是，说着容易做着难。到哪里去找梦想老人呢？

经多方打听，它们终于得知消息：在遥远的东方，有个梦想岛，在梦想岛上住着一位白胡子的爷爷，他就是梦想老人。他有许多颗梦想的种子。但是到梦想岛的路却是十分艰难，而且还要走七七四十九天才能到达。

有了确切的消息，它们就出发了。路上果然困难重重，经历了千难万险，在走过了七七四十九天之后，它们终于到达了梦想岛，见到了梦寐以求的梦想老人。

到了梦想老人的家，贝贝和欢欢说明来意。梦想老人一口答应，即刻从口袋中拿出两颗梦想的种子递给它们。它们千恩万谢之后，就离开了梦想老人的家。

一年后，梦想老人突然来到了贝贝和欢欢的家，它要看看梦想的种子是否帮贝贝和欢欢实现了自己的梦想。梦想老人飞到森林里，却发现它们还住在那个废弃的小木屋内。但不同的是，不远处已经有大片的庄稼正在旺盛地生长。贝贝正在那里为庄稼锄草、捉虫呢，汗水直流它也不休息。

梦想老人问："贝贝，你的梦想种子呢？"

"我已经把它种在这片地里了。到秋后，这里将收获许多粮食，吃也吃不完。如果我明年接着种下去，那就永远吃不完了。到那时，我就把没有东西吃的小朋友都接来，和我一起劳动、一起玩耍、一起分享劳动果实，那该有多快乐呀！"贝贝的脸上充满着无限的向往。梦想老人知道，贝贝已经实现了自己的梦想。

梦想老人又来到它们的小木屋前，他发现，欢欢正坐在门前的凳子上望着一个漂亮的盒子发呆呢！梦想老人问："欢欢，你在干什么呢？"

"我在盼着梦想的种子帮我实现自己的愿望呢！"

"它帮你实现愿望了吗？"

"没有！我把它放一个精致的盒子里，天天都看着它，盼着它，希望它能帮我实现自己的梦想。可是，我还是住在这个小破房子里。唉！"

梦想老人说："孩子，梦想的种子是要种下的，你要付出自己的劳动和汗水，用自己的爱去呵护它，它才会生根、发芽、开

花，结果，最终帮助你实现自己的愿望。孩子，愿你梦想成真！再见！"说完，梦想老人就不见了。

欢欢终于明白了自己的梦想没有实现的原因，它拿起锄头向贝贝的庄稼地跑去……

一只鸽子
对和平的向往

张祥玮

在这大千世界，我无人不知，无人不晓，你猜猜我是谁？我是世上最后一只旅行鸽！你一定会惊奇地问："什么？最后一只？怎么可能！"那我就给你讲讲我们旅行鸽的故事吧。

我的家族旅行鸽和鸽子相像，但颜色比普通鸽子鲜艳，我们的繁殖能力很强。鸽子队有铺天盖地的阵容，可长15米，足有几亿只。我们在天空自由地飞翔，过着快乐的生活。但是不久，人们侵略了我们的领地，并用那粗粗的棒子一挥，我的几十个小伙伴就被人们捉走了。我每天用泪水洗脸，生怕下一个就轮到我。

有一天，我在新闻上看到：旅行鸽肉质鲜美而且可口好吃，已经成了世界级的名菜！我吓坏了，慌不择路地带着我的家族纷纷离去。只听"砰砰"两声，我前面的几只旅行鸽应声落地。那声音是那么震耳，响得令人恐怖，我们顿时抱头鼠窜，个个逃之夭夭。但是，无论我们飞到哪里，都有可怕的枪声，我们旅行鸽的数量越来越少。

　　一天，我看见猎人拿着枪瞄准了我，我紧张的飞不动了，只好闭上眼睛。随着枪响，我竟然毫发无损，但是爸妈却从我眼前坠落，是他们为我挡住了那颗罪恶的子弹，就这样我成了孤儿。又过了几年，随着人们的猎杀，我们旅行鸽渐渐的灭绝，我成了世界上最后一只旅行鸽。

　　人类仍然不放过我，一次又一次地来伤害我，我每天过着提心吊胆的生活。当那黑洞又一次瞄准我时，我大喊："请不要伤害我！我是最后一只，你们的捕杀导致了我们渐渐灭绝！人类啊，你们知道吗？在这个地球上，已经有许多动物灭绝了，袋狼就是一种，因为它肉嫩鲜美而遭到捕杀。还有拟斑马、毛象、卡罗来纳鹦哥……都是你们干的！你们想过吗？如果再这样下去，世界上什么熊猫、老虎、狼……都会被你们捕杀。想想再过一百年、一万年，这美丽的地球还会有动物吗？那时你们会发现你们在孤独中失去依存。"

　　所以，不要伤害我，不要伤害我们，这是一只鸽子对和平的向往。

每个小动物都向往快乐

李怡然

　　在美丽的森林里，生活着一些动物，有小兔乖乖，有小猪皮皮，有山羊咪咪，还有刺猬尖尖，它们幸福地生活着。可是森林里来了一只大老虎，小动物常常受到老虎的威胁，使它们的生活陷入了灰暗之中。哪个小动物不向往快乐的生活呢？于是它们决定团结起来想办法消灭这只可恶的老虎。

　　想什么办法好呢？它们去请教森林里最聪明的狐狸聪聪，狐狸聪聪正在为大老虎吃了它的爸爸而想着报仇的事，所以爽快地答应了，狐狸在屋里走来走去，眼睛转个不停，不一会儿，它想出一条妙计。他对几个小动物说："我家对面有一个山崖，只要能把老虎引诱到那个山崖边，再让刺猬尖尖刺它，我们出其不意推它下去。"大家听了这个办法，都觉得好，可是谁去引诱大老虎呢？这可是很危险的事。几个小动物都争着去，最后狐狸聪聪觉得小兔乖乖身材小、跑得快，它去危险性小，成功的机会大一些。

　　事情说好后，几个小动物分头行动，小兔乖乖来到大老虎家门前，听见老虎的呼噜声，原来老虎还在睡觉，小兔乖乖找来一块石头向老虎的门窗砸去，砰的一声响，老虎被惊醒了，它睁开朦胧的睡眼走出来，发现了小兔乖乖，第一反应就是想去吃掉它，小兔灵机一闪，拼命地向山崖跑去，老虎穷追不舍，小兔利用它身材矮小、动作灵敏的优势，迅速地跑到山崖边的草丛里躲起来。老虎气急败坏地在山崖边找着小兔乖乖，刺猬尖尖趁它不备，一个驴打滚，使劲地刺向它的脚，老虎被刺得疼痛难忍，它看见一个满是刺的圆球，拿也不敢拿，踩也不敢踩。这个时候，狐狸聪聪把准备好的石灰粉撒向老虎，小猪皮皮和山羊咪咪拿起石头砸向老虎，老虎的眼睛已经看不见了，狐狸聪聪对几个小动物使了一个眼色，趁老虎擦眼睛的时候，把老虎推下了山崖。

　　老虎被打败以后，小动物们在森林里快乐地生活着，它们的生活充满了阳光。

燕儿的泪

陈成

　　傍晚，天阴沉沉的，还不时地飘着细雨。一只燕子在马路上无忧无虑地跟伙伴们追逐、嬉戏着，多么开心快乐呀！但它并不知道此时死神的使者悄悄地降临到了它的身上。一辆疾速行驶的大货车呼啸而过，只听"唧"的一声尖叫，我不禁闭紧了眼睛，我知道不幸的事情已经发生了。

　　当我重新睁开眼睛时，看见那只燕子躺在大货车行驶过的地方，它的眼睛微微地睁着，用那绝望的眼神望了望天空，然后用无比凄惨的声音哀号了几下"唧——唧——唧"。那声音传出很远很远……最初燕儿还躺在马路上颤抖和呻吟着，最后终于绝望地闭上了双眼，静静地躺着不动了。就在这一瞬间，世间又少了一条可怜的生命。雨水渐渐地把燕子身下淌出的一摊鲜血冲淡了。

　　过了好一阵子，只见一只体形较大的燕子飞落到了燕儿身边，它是燕儿的哥哥"毛毛"。"弟弟，危险！别在马路上躺着，跟我回家吧！"毛毛担心地看着弟弟，看样子它还不知道发生的事情。见弟弟没有答应，便又展开翅膀在弟弟身边扑腾了几下，"唧唧"

地叫着，可是弟弟还是没有动静。毛毛的叫声渐渐低沉了，它似乎已经明白弟弟永远也不会再回应它了。此时，毛毛不敢相信眼前发生的一切都是事实，它再一次呼唤着自己的弟弟"唧——唧"，呼喊声中还夹杂着哀鸣声，一声比一声凄惨，一声比一声低沉。毛毛终于还是相信了和他相依为命的兄弟已经弃它而去了。毛毛多么希望弟弟能重新站起来，多么渴望和弟弟再一次一同飞向那一望无际的天空啊！

　　毛毛想把死去的弟弟带回家。它扑腾着翅膀在弟弟身旁试图扶起弟弟那已被鲜血染红的脊背，还不时地用嘴去叼弟弟的身体，可是，天意弄人，老天像是故意跟毛毛过不去，淅淅沥沥的雨越下越大。它根本没能力带走弟弟的尸体，毛毛向着天空发出绝望的求救声，声音响彻了天空。它在雨中企盼着，企盼着能从远处飞来几个同伴帮助它一起带走亲爱的弟弟，可过了好久好久也不见同伴的身影，它彻底绝望了，只能选择离开。它带着沉重的心情，三步一回头地走了很长一段路，最后依依不舍地飞向了天空。

　　雨还是"嘀嘀嗒嗒"地下着，不！这是燕儿的泪。

巨人星球一日游

袁沁铃

这天，我正漫步在南通科技馆的"外太空"厅，来到一个巨大的仿真飞碟前，正当我感叹着它如此发达之时，眼前晃过一道刺眼的白光，睁开眼，我竟真的坐在了刚才的那个飞碟上。旁边的两个外星人把我吓坏了，他们足足有5个我那么高，6个我那么胖，正灵活地在控制飞碟的电脑屏幕上打字。我好奇地把头凑过去，屏幕上赫然写着几个大字：巨人星球。天哪，他们要把我带到哪里？我晕！

……我像大梦初醒一般，揉开惺忪的眼睛，慢慢地坐了起来。"妈呀！"视线还没完全清楚的我又被吓了一跳。我的周围，围着七八个是我身体十几倍的脑袋。他们的鼻孔好大好大，简直就是山洞了。我猛然想起方才那两个外星人输入的"巨人星球"，难道我真的来到那里了吗？

这时，我感觉好像被吊了起来，整个身体悬在空中。我向后望去，Oh，my god！一个人用他的大拇指与食指把我夹了起来，越来越高。眼看离地面越来越远，我开始挣扎，可一切都是徒劳。他们正笑着对我指指点点，说着我听不懂的语言。哦，我还不想死啊！我拼命地爬到那人手臂上，飞奔到那人的肩膀，抓着他的衣服往下滑。我感觉空气好稀薄，耳旁风在呼啸，下滑的速度很快，大约两三分钟后，我安全着陆了。刚到地面的我开始狂奔，他们一步千里，再加上穷追不舍，我费了九牛二虎之力才甩开他们。

我躲在一面墙的一角，刚想坐下来歇会儿，突然发现墙边一只是我两倍的螳螂高举大刀，正虎视眈眈地盯着我。妈呀，快逃！

总算又逃过一劫，我确定这个角落不会再有恐怖的昆虫了，便坐下来休息了一会儿，气都有点儿喘不过来。终于安静了，我哼着小曲儿进入了梦乡……一梦醒来，我的肚子不争气了。对了，我还没吃午饭呢！没办法，总不能吃西北风吧，再说，我连这儿的东南西北都分不清。无奈，我站起身来，走进了对面一家小酒吧。

这家酒吧可能生意不太好，人很少，服务员正用手撑着下巴小睡呢。我爬上柜台，用劲推开菜单的第一页，浏览一下，我指着"鸡蛋布丁"说："我要这个！"可过了好半天，那服务员却如磐石一般动也不动，接着做他的南柯一梦。我提高了嗓门儿，把平时管理班级的声音亮了出来："我要鸡蛋布丁！"可那可恶的服务员还是一动不动。连续喊了好几遍，我的嗓子有些沙哑了，可他还是好像听不见似的，哎。

我通过他的胳膊，慢慢爬了上去，来到他的耳边，怒喝一声："我要鸡蛋布丁一份！"那服务员这才缓过神来，呆望着前面，摇摇脑袋，看着四周疑惑地问："谁，谁，谁要鸡蛋布丁？"这不动到没怎么样，一动倒好，我连滚带爬摔了下去。从几米高的吧台上摔下来的感觉真是不好受，我还没揉好屁股，一只巨大的脚向我踩来。我的头上顿时出了不少虚汗，绝望地闭上眼睛，看来这回我真的要game over了……

　　"我，我这是在哪里？是在阎王殿吗？"我醒了，仰望着天花板，又看到旁边的妈妈，她长吁了一口气："呼，还好这孩子没疯，做个梦还大惊小怪的，怎么会晕倒在科技馆呢？"

小猪和小熊

邓秀红

路旁，有一块山羊公公的南瓜地。南瓜收完了，只剩下遍地铺的瓜藤和瓜叶。

小猪和小熊跑进南瓜地里玩，两人蹦呀跳呀，小猪一脚踢在一个硬东西上，踢得脚好疼。小猪掀开脚下的南瓜叶，呀，是一个大南瓜！小猪说："这个南瓜肯定是山羊公公没看见，漏收了，我们帮他摘下，给他送去吧！"于是他们把南瓜割下，两人抬起南瓜，向山羊公公家走去。

"山羊公公，给您送南瓜来啦！"来到山羊公公屋前，小熊大声喊道。

山羊公公从屋里走出来，小熊抢着说："山羊公公，南瓜地里漏收了一个南瓜，我用小刀割下，和小猪抬回来了。"

"哎呀，我这是故意留着做种的呀！"山羊公公一拍腿说："做种的南瓜需长得老，所以我特意留在那儿，让它老了再割的呀，真糟糕……"

小猪和小熊傻了眼，小熊急忙说："都怪小猪，是他说要把南瓜摘下来的，全是他的主意，都怨他！"

小猪低下头，小声说："山羊公公，真对不起。"

"没关系，没关系，不怪你。"山羊公公蹲下身，翻动着南瓜，忽然，他高兴地叫起来："不对，不对，我留着做种的那个瓜没有这块褐斑，这个南瓜还真是漏收的呢！"

小猪和小熊露出了笑容，小熊掏出小刀，大声说："山羊公公，看，我就是用这把小刀摘下南瓜的。哼，不用小猪说，我也知道这个南瓜是山羊公公漏收的……"

山羊公公站起身，看着小熊，严肃地说："你呀，做了好事抢功劳，做了错事推责任，真不应该。你看看小猪，你应该向他学习！"

两个小伙伴低下头，脸都红了起来。小熊脸红是因为羞愧；小猪脸红，是因为山羊公公的夸奖。

风雨之中

戴锦凯

一

她是一位仙子，叫雅米。她是一位冰清玉洁的仙子，一位倾国倾城的仙子，更是一位充满智慧的仙子。但—就是这样一位仙子，却因打碎了玉帝的紫晶花瓶，被化作一粒桃树种子，

被贬到人间十年……

二

她叫小桃，一位聪明活泼的小女孩。

三

命运之神将她俩撮合在了一起，雅米被种在了小桃家门前，小桃也发现了这株小小的生命。雅米将伴随小桃走过一段传奇般的生活……

四

　　小桃到了上学的年龄，上学的前一天，小桃来到雅米面前说："桃树姐姐，你瞧，我明天上学用的书包，好看吗？"说着，变戏法似的拿出了一个书包。雅米在心里赞叹：啊，多美的书包啊！想着，她抖了一下胳膊，树叶纷纷落下，在地下拼成了几个字：

　　真美，带着这个书包上学，你的学习一定会更上一层楼！

　　看到这情景，小桃那稚嫩的脸颊上充满了惊奇，大声喊：

　　"妈妈，快来，桃树姐姐跟我说话了！"

　　"怎么了，你别犯傻了，桃树怎么可能说话呢？"妈妈跑过来问。

　　"不可能，走吧，明天还要早起呢！"说完，妈妈把小桃拉进了卧室……

五

　　但不幸仍降临到了小桃身上。五个年头之后，一次身体检查，竟查出了小桃有白血病！这对于雅米、小桃、妈妈来说都是一个晴天霹雳。从此，小桃变得沉默寡言，不再活蹦乱跳了。雅米也十分伤心，日渐憔悴……

六

　　小桃被送进了医院，治疗使她失去了引以为自豪的头发。高额的手术费压得妈妈喘不过气来。无奈，小桃搬出了医院。为了使小桃得到更好的治疗，雅米破天荒地结出了又大又红的桃子……

七

夜，更黑了。外面下起了倾盆大雨。这是雅米在凡间的倒数第二天。明天晚上，她将悄悄地离开。但此时，小桃的病情也恶化了。她呜咽地说："妈……妈，我要看……看桃花。""好，好，妈妈明天就带你去看桃花！"妈妈哭得更伤心。雅米听见了，决心让小桃看最后一次桃花。但，假如在这样的风雨之中开花，她将会灯枯油尽。到底该选择什么呢？雅米咬了咬牙，流下了眼泪……

八

小桃奇迹般地康复了，在那次看了桃花之后，小桃的脸颊就红润了起来。

可是，谁也没注意到，那株高大的桃树没了。在那天，那株桃树为了小桃的健康献出了身躯，走上了生命的绝路……

举重比赛

王依铭

　　动物们盼望已久的举重比赛终于在一阵雄壮的锣鼓声中拉开了帷幕。当大象、狮子、黑熊、猴子等四名参赛选手雄赳赳气昂昂地步入赛场时，座无虚席的观众台上顿时响起了雷鸣般的掌声。

　　一切准备就绪，神气十足的牛裁判宣布比赛开始。紧接着，便从不远处传来一阵震耳欲聋的吆喝声。大家齐刷刷回头一看，只见九头壮牛和两只猛虎抬着一个巨大的杠铃向赛场走来。在场的观众瞧得两眼发直，伸出去的脖子老半天才回到原位。

　　百兽之王狮子见状，大汗淋漓，心里发毛："这么重的杠铃，除非是美猴王转世，否则必定丑态百出。哎，我还是三十六计——走为上吧！"于是找了个借口，便溜之大吉了。

　　一向目中无人的黑熊也被眼前这巨大的杠铃吓呆了，他瞪大了眼睛，脑袋摇得像拨浪鼓，嘴里不住地嘀咕："我弃权——我弃权——"

　　轮到素有"大力士"之美誉的大象出马了。可牛裁判连续点了三次名，也不见一点儿动静，这其中的原因就不用多说了。

　　这时，赛场上只剩下"机灵鬼"猴子了。他抓耳挠腮地上蹿下跳，丝毫没有去意。他想：既来之，则安之。我先试试，失败了又有何妨？我绝不能当一个临阵脱逃的逃兵！于是，他向大家深深地鞠了一躬，便稳步走到杠铃前，俯下身，用双手一把抓住杠铃，使劲一举，天啊，猴子居然把这需要九牛二虎抬过来的杠铃，轻松地举过了头顶！全场的观众都惊呆了，简直不敢相信自己的眼睛——这怎么可能呢？难道这猴子真是神通广大的美猴王转世？

　　正在大家满脸惊疑、忘记了报以热烈掌声之际，牛裁判微笑着走上主席台。他清了清嗓子，郑重地向大家道出了事情的原委："朋友们，告诉你们一个秘密，猴子能举起杠铃并不是因为他具有天生神力，而是因为这杠铃是纸做的！它的重量仅有20斤，让九牛二虎来抬杠铃，只不过是虚张声势，吓唬吓唬那些胆小之辈罢了。今天这次比赛，其实不是比蛮力，而是比胆量、比智慧、比勇气！狮子、黑熊、大象都因为害怕失败而失去了争取成功的机会；唯有猴子不怕失败，勇敢地进行了尝试，因此他获得了成功。猴子才是大家心目中的'英雄大力士'！"

　　顿时，赛场上掌声雷动，响彻云霄。

魔力灭鼠记

王蜜儿

　　最近，我的家里出现了人见人怕的小老鼠。妈妈害怕极了，买了各种灭鼠器都不管用。

　　这天，我看着小小的老鼠洞，怎么样才能抓住小老鼠呢？我把眼睛凑过去看了看。哎，老鼠洞太小了，我连手都伸不进去，怎么把老鼠抓住啊？这时，我想到了用我的看家本领：变大变小术。呵呵，有了这种法术就好办了。

　　我走到老鼠洞旁边，口中念念有词，说起了咒语：扁担长，板凳宽。板凳没有扁担长，扁担没有板凳宽……咕噜咕噜变！变成老鼠一样小！说着说着，我感觉到我的身子在慢慢地变小，慢慢地变矮，慢慢地变轻。我旁边的物品也随之对我来讲高了起来，大了起来。"哎哟！哎哟！好疼啊！是谁在踩我？"大概是因为我太矮了没有人应答。我转过头来一看，是爸爸的拖鞋，爸爸没看见我。我忍着疼痛一瘸一拐地走进了老鼠洞。不知是怎么误打误撞，我走到了老鼠会议厅的门口。"今天晚上，我们就发起行动，大吃大喝一顿吧！""好啊！好啊！我都已经快等不及了！"老鼠们你一言我一语地讨论着。"糟了！今天晚上就要行动了！可是现在已经五点四十分了，这可怎么办啊！"我的一声大叫惊动了老鼠们，我撒腿就跑，老鼠们看见我猛地追了上来。

过了好一会儿，我终于脱离了危险地带。我又返回到了会议室门口，冲进去，拿出我自制的超强灭鼠器。顿时，老鼠们个个头昏眼花，倒在了地上。耶！我终于消灭了老鼠！我来到洞口，念起了变大咒语，我又变回原来的模样了。

我为家里解除了一项困难，心里美滋滋的。妈妈看到家里没有了老鼠，可高兴了，当她得知是我消灭了老鼠后，给了我不少零花钱呢！

小鱼漫游记

方宇飞

我是一条小鲤鱼，别人都称呼我叫"鲤鱼拐子"。我和我的小伙伴生活在一个小河塘里，我们刚生下来就离开了爸爸妈妈。我们并不知道他们长什么样子，听河塘里最有威望的青蛙爷爷讲：他们住在一个大水库里。

在小河塘里的生活寂寞、无聊，真没意思。有一天，我和小伙伴们突发奇想：我们不愿意再待在小河塘过这种平静的生活，我们要到外面的世界去闯一闯，我们要去找爸爸妈妈。于是，我和小鲢鱼、小鲫鱼、小草鱼等，告别了青蛙爷爷，离开了小河塘，沿着一条清澈的小溪向下游的水库游去。

在路上，我看见河边的果树上结满了果子，还不时有一颗熟透的果子掉进河里，正好为小鱼小虾们提供了食物。我还尝了尝这果子甜甜的味道呢！这里虽然很好，不用费任何力气就能吃到甜美的食物，但是我们不能留恋这里的生活，因为我们还没游到那个大水库，还没找到爸爸妈妈呢！

我们继续向水库的方向游去。路上，我们历经千辛万苦才找

到了那条通向水库最近的路。可是，正当我们高兴的时候，我感觉自己的身体就像灌了铅一样，不断地往下沉。原来通向水库的那条河道旁边有一个小化工厂正在偷偷排放污水，水中有一股呛鼻的气味，我被呛得干咳了几声，眼泪就流了出来。之后，我感觉浑身发痒，就像断了气儿一样，身体忽忽悠悠地陷进了河底的淤泥里。正当我们绝望的时候，我们的救星——雨来了。大雨倾盆而下，断断续续地下了两天两夜，雨水一直流到水库里，我们也顺着河道轻而易举地游到了我们仰慕已久的水库边。可我们却再也见不到小草鱼弟弟了。

　　我和小鲢鱼姐姐、鲫鱼妹妹兴奋地欣赏着水库绚丽的景色，我们快乐地欢呼雀跃着，在碧波荡漾的水面上，我和小伙伴们愉快地互相追逐，跳起了圆圈儿舞，水波随着我们欢快的舞姿越荡越远……

　　正当我们兴奋之际，灾难降临了：一张大网从天而降。原来是偷捕的渔民正在撒网。我向伙伴们大喊："快跑，快跑，逃命要紧！"我挣扎着向水底游去……可怜我的小伙伴们却没能逃脱这张无情的网，被可恶的渔民捉去了，只有我这条小鲤鱼侥幸地逃了出来。

　　每天我都漫无目的地在水库里游啊，游啊……我高兴，我也痛苦，我知道人间充满了爱和欢乐，可我不知道为什么我们这里却没有欢笑。就这样，日复一日，不知不觉过了好长时间，我也从一条小鲤鱼拐子长成了一条真正的鲤鱼。最后，在一只老龟爷爷的帮助下，我终于找到了自己的爸爸妈妈。

第二部分
心中的明灯

　　妈妈告诉我，每个人心中都有一盏明灯，这盏灯会照亮他的人生路途，会让他把握住自己，不至于在人生的道路上迷失；这盏灯会给他带来希望，让他在人生道路上勇往直前，无所畏惧。

　　终有一天，我也会成为一盏灯，在某一处举着明亮的光。

——宋沁真《心中的明灯》

我的梦 中国梦

——2010年《开学第一课》有感

谢 仪

同学们，你们一定都有自己的梦想吧？一个人怎能没有梦想呢？没有梦想，便没有奋斗的目标；没有梦想，生活平淡如水。看了《我的梦·中国梦》——开学第一课后，我明白了，梦想就是一个奋斗的目标，需要坚持，需要探索，需要汗水与泪水来浇灌。

班主任李连杰叔叔告诉我们，他的一生一共有三个梦，一个武术梦，一个电影梦，一个公益梦。他毕生都在用汗水辛勤浇灌着这三个梦想。在他的不断努力下，梦想萌发出了小小的芽儿，他的武术梦和电影梦已经一点一点地实现了。在中国连连遭受了重重灾难之后，他创建了壹基金，号召世界各地爱心人士来捐款，将三个最大的梦想都实现了。李连杰说："成长过程就是一个个产生梦想，并坚持不懈为梦想而努力拼搏奋斗，然后抓住机遇实现梦想的过程。知道了每一个宏大的梦想的实现都得经过若干个小的梦想的实现来积淀、来壮大。"是呀，我们都有着许许多多五颜六色的梦想，有的完成了，有的到现在还没有实现。不过，没关系，只要我们有梦想，有信仰，有追求，有明确的奋斗目标，就没有什么办不成的事情。

我最感动的是失去双臂的两位大哥哥。一个名叫杨孟衡，今年他以文科第一名的优异成绩被中山大学录取。另一位叫刘伟，他有一个钢琴梦。可是钢琴本来就是为手设计的，要想用脚来操控简直是不可能的事情。可是，他坚信自己和正常人没有区别，努力克服着困难，终于可以用脚趾十分灵活地弹出优美的乐曲来。他们的故事给予我更多的震撼与感动，从他们的身上我们发现：实现梦想的道路是艰辛的，但梦想却也不是遥不可及的。相信自己，相信生活，相信未来。只要努力，就可以克服一切困难，走向优秀和杰出。

我的梦想是当一名出色的作家，每当看到一篇篇优美的散文，轻松的小说，饱含感情色彩的诗歌，总会羡慕不已。能够淋漓尽致地抒发自己的情感，为自己，为他人写书的感觉真好。如果能有那么一天，我也能出一本属于自己的书就好了。所以，现在，我就像身边许许多多的同学一样，努力地学习着，积累着好词好句，徜徉在优秀的书籍中。只为有一天，可以实现自己的梦想！

9月1日，《开学第一课》在长城脚下隆重开讲。从长城到中国，从我的梦到中国梦。李连杰叔叔说，人之所以有两只手，一只手托起了"我的梦"，另一手则是"中国梦"。那么就让我们从长城出发，带着梦想和希望，坚强，努力，去拼搏吧！

我要站在高高的讲台上

金 杨

我从小的梦想就是当老师，我觉得老师既光荣又伟大，所以我一直都很喜欢老师这个职业。

在一年级时，我就很喜欢看老师在讲台上生动地为我们讲课。当时我就想：如果有一天我也能站在高高的讲台上，为我的学生们传授知识，那该是多么美好的一件事呀！

记得在一次生日里，我向爸爸妈妈要的礼物就是一个白板和两只水笔。自从有了白板以后，我每天都会在家里当"老师"，爸妈当"学生"，虽然有时候学生不在，但我自己总会讲得津津有味、滔滔不绝。这样还能帮我复习知识，提高我的成绩。有一回我兴趣大发，妈妈正忙着，我硬拉着她做我的学生。妈妈听我讲完之后还连连称赞，这就更激发了我的兴趣，坚定了我做老师的梦想与追求。

我觉得老师这个职业是必不可缺的，在人类社会上的地位很重要。假如没有老师，谁来为孩子们传授知识？都说"少年强，则国强"，假如没有老师，少年怎么强？假如没有老师，哪会有那么多的人才去促进人类社会的不断进步与发展。

今年9月1日刚开学，我们看了CCTV-1大型公益节目—《开学第一课》，主题是"我的梦，中国梦"。其中有一个人叫杨孟衡，他儿时的梦想是做国家队的一名专业游泳运动员，但小时候的他却不幸遭受电击，使双臂高度截肢。天不如人愿，他没能进入国家队。尽管他双臂截肢，但是他最后在父亲的鼓励与教诲下，落了两年文科却依然以文科第一名的成绩考入了中山大学，并实现了自己的梦想。

看了他的故事后，我感触很深。心想：一个双臂全无、落了两年文科的人，竟能以文科第一考入中山大学实现了自己的梦想。而我们这些健康人，为什么不能实现自己的梦想呢？我坚信我一定会成为一名人民教师！

祖国，我为你骄傲

杨 雪

　　"我们都有一个家，名字叫中国"，每当我听到这首歌，就会情不自禁地想起自己的祖国。我们都是母亲的孩子，大家都是华夏子孙。在这个世界上，我最亲的是妈妈，最爱的是中华。

　　记得第一堂社会课，我是在惊喜和兴奋中度过的。老师告诉我，我们的祖国有九百六十万平方公里广阔的疆土，有五千年光辉灿烂的历史，有声震寰宇的四大发明，有饮誉四海的中华文化，有漫山遍野丰富的宝藏，有三山五岳秀丽的风光……我睁大眼睛使劲地想，九百六十万，那该有好大好大；五千年，该有多长多长……不是吗？你看，我们有世界第一高峰——珠穆朗玛峰；有中华民族的母亲河——黄河；有号称世界屋脊的青藏高原；有开辟古代中外交往的丝绸之路；有在全世界独树一帜的中医中药；有长城、圆明园等世界屋脊建筑史上的奇迹；有许许多多驰名中外的瑰丽的艺术奇葩……还有许多许多。听着听着，我醉了，思想的野马在奔驰，我用我的心描绘着祖国妈妈。她飘散的长发该是千百条悠悠流贯的河川吧；她那硬朗而精神的脊背该是那绵亘的三山五岳吧；她明亮的眼睛该是那洞庭的水，西湖的波吧！啊！祖国，母亲，你活脱脱地就站在眼前！天底下谁能与你相比？我不停地写啊、看啊、想啊，我要用脑、用心、用笔记下祖国母亲美丽、动人、亲切的容貌和她坚强、不屈不挠的性格。

又有谁知道，为了祖国的统一，为了华夏的繁荣富强，为了人民的安居乐业，为了集体的财产安全，又有多少仁人志士抛头颅、洒热血，献出了年轻的生命。岳飞率领威震敌胆的"岳家军"英勇御敌；高诵"人生自古谁无死，留取丹心照汗青"慷慨就义的文天祥；置自己生死荣辱于不顾的台湾首任巡抚刘铭传；还有杨靖宇、夏明翰、董存瑞、刘胡兰……在与日本侵略者和国民党反动派作战中，又有多少优秀的中华儿女冲锋陷阵，英勇顽强，置个人生死于度外，英雄豪胆昭明月，雄心侠气贯长虹。还有扑向烈火的向秀丽、跳进泥浆的"铁人"王进喜、见义勇为的徐洪刚、少年英雄赖宁、干部楷模孔繁森……啊！是他们，一代代的杰出人物，使祖国一步步走向繁荣富强，使祖国越来越灿烂辉煌。

我们是母亲的骄子，是新时代的宠儿！风华正茂的这一代啊！怎样用钢筋铁骨支撑起共和国的大厦！怎样迈开跨入21世纪那坚定的步伐！我和你、和他、和大家，都来刻苦求知识，潜心学文化，把满腔爱国的情和对母亲炽热的爱，化为报国的力，献给我亲爱的中华！母亲啊！我的中华，我们一定把您打扮得更美丽，建设得更强大！"我欲因之梦寥廓，芙蓉国里尽朝晖。"我们要向全世界宣告："中华伟大！我——爱——中——华！"。

篮球明星梦

施少聪

"少年强，则国强；少年进步，则国进步。我的梦，中国梦；中国的梦，我们的梦！"

2010年9月1日，CCTV-1大型公益节目《开学第一课》如期举行。今年的主题是"我的梦，中国梦"。同学们在观看后，个个斗志昂扬，豪情万丈；人人畅想未来，奋笔疾书，描绘出自己的梦想蓝图，写下了属于自己的中国梦。

其实，每一个人都会有他自己的梦想，我也一样。但每个人的梦想又有所不同，我的梦想很简单，那就是当一名篮球明星，为国争光。

首先，我要先进入北京体育大学去学习篮球。之后进入北京篮球队打球，有机会进入国家队，再去美国NBA打球。因为我非常喜欢洛杉矶湖人队和休斯敦火箭队，希望进到这两支队伍去打球。甚至我还梦想能够带领中国男子篮球队去参加亚运会、世锦赛和奥运会。这虽然只是我的一个梦想，我会尽全力去实现。

穿着湖人队24号球服的球星，自然是我的偶像科比·布莱恩特。

我从小酷爱篮球，在家里用小椅子当篮筐，用球去投。在学校我还报篮球班，是班里的篮球队队长，带领我们班拿到了上学期全年级"三对三"篮球比赛第三名。回想起那次球赛，总能让人回味无穷。我们班队员整体个子不高，处于劣势。在打二班时我打进一个关键球使全队获胜。在半决赛时打七班，在我们二比三落后的情况下，最后七秒我的一个三分球让我班奇迹般地转败为胜。至今我一想到那精彩瞬间，仍然兴奋不已。现在我已升至六年级了，学校正要选校队人选，我也是候选人之一。篮球教练老师很看好我，我也十分想被选入校篮球队。如果我进校队，希望能打主力；我要当后卫，专门投三分球。我在年级里投三分最好，队友都叫我"三分王"，我也非常喜欢这个称号。我的梦想就是当一名篮球明星，我坚信我一定能实现自己的梦想。

但是，一个人想要实现自己的梦想并非是一件容易的事。打篮球是很苦的，要经受许许多多的磨炼，更要吃苦耐劳，还要坚持不懈，持之以恒。就像我投三分球那样，投得这么准是我日复一日，长年累月练就的。当然做一名球星不能光有球技，还需要有一定的文化水平。如果仅仅打球好，学习不好也不会成为出色的球星。

所以，现在我要在好好学习文化知识的同时，勤学苦练打好球，做一名优秀的小学毕业生，为将来能够成就我的篮球明星梦，打下坚实的基础。我深信我的未来不是梦，因为我的梦是中国梦！

天上又多了一只雄鹰

李　卓

　　一个幽静的山谷，悬崖边上的草丛里，有一个鸟巢，暖和、舒适又安全。

　　鸟巢里有一只小鹰。每天，当太阳的第一缕阳光照射到悬崖上时，鹰妈妈总是准时出去给小鹰觅食。一天，当太阳快要落山的时候，鹰妈妈还没回来，这可把小鹰急坏了，它饿了，生气起来，妈妈怎么还不回来，我都快要饿死了。妈妈会不会去找朋友聊天去了，妈妈会不会不回来了，妈妈会不会……还好，幸运的是窝里还有点吃剩的食物，还能熬半天。

　　漫长的等待，妈妈还是没回来，小鹰开始害怕了，不断地想："妈妈究竟上哪儿去了？食物没有了，再不回来，我要饿死了。"这时，它突然看见远处有个黑点越飞越近，"是妈妈回来了。"小鹰高兴得尖叫，让它更激动的是妈妈嘴里叼着一只比它还大的野兔，小鹰一阵窃喜。可是，鹰妈妈没有像往常一样将野兔送到小鹰嘴里来，而是将那只又肥又壮的野兔放在鸟巢对面山崖上的一块岩石上。

鹰妈妈对小鹰说："孩子，你长大了。自己要学会捕食。这样，你才能独立生存。妈妈总有一天会老去。"

小鹰探头，"深谷"，吓出一身冷汗。大叫："不，不，我飞出去会被活活摔死的，这山谷多深多危险啊！"

鹰妈妈悄悄地飞到小鹰身后，一把将小鹰从暖暖的巢里推出去。小鹰惊恐万状，垂直降落，风声在耳际吹响，不由自主地用力扇动翅膀，让它出乎意料的是它居然飞起来了。

小鹰跟着妈妈飞过一座又一座高山，一片又一片原野，一个又一个湖面。时而，满眼翠绿；时而，牛羊成群；时而，万顷碧波。小鹰的翅膀扇得更有力了。

从此，天上又多了一只雄鹰。

我是小小魔法师

潘锐东

　　星期六的一天下午，我觉得很无聊，没事可做，突然我灵机一动，咦？我不是有一个小魔法吗？——穿越时空术，我到现在还没试用过呢！今天，何不来试试呢？

　　"哦，对了，"我还要跟大家讲解一下，什么是穿越时空术，它有什么作用呢？告诉你们吧，穿越时空术是可以穿越未来，知道将来要发生的事情，也可以回到过去，知道以前发生了哪些事情。真是太神奇了！

　　好了，现在就跟随我一起乘坐时空机来穿越时空隧道吧。时间：2019年3月18日，10时30分01秒，地点：南通市，乘坐人数：9人。准备完毕，即将起航，倒计时开始，5秒，4秒……我此时的心情别提有多紧张了，都不敢呼吸了，生怕出什么差错，要是回不来怎么办呢？我眼睁睁地看着秒数变为零，突然，我们一下就消失了，进入了时光隧道，隧道两旁时不时会有一些电光打下来，有的闪在人身上，还疼丝丝的呢，真不是滋味。

　　过了好一会儿，哈哈！我无比向往的未来世界展现在我眼前，心情顿时高兴极了！瞧！2019年和现在的2010年真是有好大的差别呀。只见天空中漂浮着汽车，那些汽车可不是用汽油的哦，只需要太阳能就能开动了，天上的云好白呀，天空湛蓝湛蓝的，空气真清新。我又在四处走了走，看着濠东绿地，一簇簇花草，阵阵香气扑鼻而来，沁人心脾。蜜蜂和蝴蝶也在一旁翩翩起舞，令人心旷神怡！

　　穿越时空术让我体会到未来和现在的差别。我又回到了2010年，看到现在的环境被一点点破坏，危害人们的生活，看来，从现在开始，我们就要好好保护环境，让未来的城市成为人类生活的天堂。

我心中的NBA

张浩博

人人都有自己的梦想，有的想当科学家，有的想当画家，有的想当旅行家……而我，却是要当一名NBA篮球明星，要像他们一样强壮，也要像他们一样出名，让全世界的人都知道我。瞧，我也正朝着这一目标努力呢！

一天晚上，我和家人一起看NBA球赛，不知什么时候客厅里就剩下我一个人了，可我依旧不舍得把眼睛从电视屏幕上移开。直到凌晨1点多，球赛结束我才兴奋地去睡觉了。过了一会儿，我被一阵欢呼声惊醒：一睁眼，哇噻！眼前灯火辉煌，我竟然置身于NBA球场之中，上万名观众欢呼着，呼喊着我的名字。我身穿蓝色球服，向欢呼的观众摇手致意——我们今天的对手是强大的凯尔特人队。

球赛随着"嘟"的一声哨响开始了，我和对方最高的队员争球。我的弹跳力棒极了，轻松搞定，球落在我方队球员的手里。我奔跑起来，球经过了几个来回，被我拦下。我首当其冲，看准时机，三步，上篮，球进了！赛场上又是一阵排山倒海的欢呼声，全场沸腾了。我微微翘了一下嘴角。比赛继续进行，依旧紧张激烈。

我时而中场带球三步灌篮，时而远距离三分空刷，忙得我不亦乐乎。

但说句实话，两队实力平分秋色，分数交替攀升。我们每个队友都累得气喘吁吁，教练看到这样的情形，随即叫了暂停。我坐在休息区，一边听教练的讲解，一边脑子里却呈现出接下来的比赛场景。我心想："要对自己有信心，我们队一定会夺得本年度的总冠军。"

瞬间的休整，我好像又被充了电，重新进入赛场。不到10分钟，我们就得了20分，对方却一分没有进账。就在我再一次扣篮的时候，脚突然意外扭伤了。这严重影响了我的速度，双方比分也迅速拉平。汗水早已经湿透了我心爱的球衣，看着队员们拼命地奔跑，而我却无能为力。这时观众席的人都站了起来，高喊着："张浩博，加油！""张浩博，你是最棒的！""张浩博，我们永远支持你！"……最后一秒的关键时刻，队友把球传给了我。也许是观众的喊声给了我无穷的力量，"唰"的一声，我的一记远投，球进了——又是一个漂亮空刷！"我们赢了！"我大喊一声。全场随之再次欢腾起来。队友们都过来把我抬了起来，扔到了空中……我闭上眼睛高兴地享受着这一切。突然，"咚"的一声，我从床上摔到了地上。哎，怎么醒了呀？

虽然我醒的时候很累，但我却很高兴。妈妈不解地埋怨着："瞧你睡觉这折腾，手舞足蹈的，嘴张得能塞个乒乓球。"而我似乎还陶醉在美梦里，依旧傻傻地笑着。

"我的梦，中国梦；中国的梦，我们的梦！"这虽然只是个梦，但这可是我一直在追寻的梦想啊！我坚信——我的未来不是梦！

我是谁

吴博洋

我到底是谁？

当这个问题得到应有的回答后，我笑了。

每个人都有自己的名字，但每个人的名字都只是一个简单的符号吗？不是的，那我到底是谁？谁能告诉我？我跑去问妈妈。

"妈妈，您说我到底是谁呀？"

"你没发烧吧？"妈妈用疑惑的眼神看着我说，"你是我的好儿子呀！"我扫兴地走开了。

上了学，我问同学们："我到底是谁呀？""你没事儿吧？"大家笑了，"你是我们的好朋友啊！"

我又来到老师的讲台前，问老师："老师，我到底是谁呀？"

"你是不是学习得过度疲劳了呀？"老师仔细地打量了我一番，慈祥地微笑着对我说，"你是我优秀的学生呀！"

放学回到家，我反复想着大家对我说的话。不对，难道我只是大家的好朋友、老师的优秀学生、爸妈的好儿子吗？不是的，那我到底是谁？谁能回答？想着想着，我便闭上了双眼，趴在桌上，进入了梦乡。

"哗，哗。"睁开眼，啊！我一下子来到了蔚蓝的大海前，我对它高喊着："喂！请告诉我，我到底是谁？"海浪翻滚着，浪花们争先恐后地来到我的面前对我说："你就是你！一个富有爱心的孩子！"

我登上山之巅望着连绵葱郁的群山发问道："我到底是谁？"声音在山谷里回荡着。微风轻抚着山爷爷那茂密的头发，它笑呵呵地说："你就是你！一个有着巨大潜能的孩子！"

我又来到一望无际的大草原上，昂头遥望着深邃的碧空高呼："我到底是谁？"朵朵白云都争着竖起大拇哥对我说："你就是你！一个懂得奋发向上的孩子！"

此时，我豁然开朗。对啊！我就是我，我尝试了付出爱心后的快乐，我收获了付出艰辛后的硕果。我自信，我是一个能掌握未来的孩子。

当今社会中，许多人都在抱怨社会对自己如何不公，为什么别人富有，自己贫穷；为什么别人一切顺利，自己却不被人认可；为什么机会总和自己擦肩而过……

我不想抱怨，更无心寻找原因，我只知道一切应从零开始，把握住一切机会，让金子闪耀出自己璀璨的光芒！想到这儿，我咯咯地笑出了声，笑醒后的我，心里充满了自信。

心中的明灯

宋沁真

　　每天晚上放学回家，我都需要穿过一条狭窄的石子路，然而就是每天的这一来一往让我常常与一盏明灯相伴，也正因为有了这盏明灯，让我不再胆怯不再孤单；也正因为有了这盏明灯，给了我人生的启迪与希望。

　　"给别人留一点亮，别人还我们一个世界。"这是我非常喜欢的一条电视公益广告的广告语：一个小男孩在昏暗的小区路边石墩上一边做作业，一边等着起早贪黑在外辛劳打工的父母。小区二楼的一户人家女主人正准备熄灯休息，男主人手指着正在埋头做作业的小男孩，女主人会心地笑了，小男孩终于等来了晚归的父母，一家人开开心心地回家了。二楼的那盏为小男孩照亮的明灯在静谧的夜晚显得特别特别的亮，它不仅照亮了夜空，更照亮了大家的心田。我想，当有一天，小男孩长大了为祖国做贡献的时候，一定会想起那盏照亮他人生的明灯，他同样也会为更多需要帮助的人们点亮更多给他们带来希望、带来快乐的明灯。

　　亲爱的老师，您是我们心中的明灯。记得从上幼儿园起，我就对老师充满了尊敬和畏惧，因为我从小就听大人们说：严师出高徒；每个老师手上都有一把戒尺，用来处罚那些淘气的学生；遇到成绩差的学生，老师们就会放弃、不管他了。带着这样的印象我上到了五年级，可是我却没有发现哪个老师动不动就处罚学生，或者轻易放弃哪个学生，而是比家长更细心、更耐心地帮助每一个同学学做人、做事和学习，倾心培育着我们做一个对社会对国家有用的人。

妈妈告诉我，每个人心中都有一盏明灯，这盏灯会照亮他的人生路途，会让他把握住自己，不至于在人生的道路上迷失；这盏灯会给他带来希望，让他在人生道路上勇往直前，无所畏惧。

终有一天，我也会成为一盏灯，在某一处放出明亮的光。

一不小心长大了

宋思晨

6年前，我充满好奇地踏进这校园；

6年前，我还幼稚地抱着心爱的洋娃娃；

6年前，我还是父母眼中淘气的小孩儿；

6年前，我刚刚与"加减乘除"打交道；

6年前，我还在背九九乘法表。

随着时间的流逝，当我在熟悉的校园里听见有人叫我大姐姐时，当我在父母下班后递上一杯热茶时，当我发现衣服变瘦、裤子变短时，我惊奇地发现我已经不知不觉地长大了。

是的，我长大了，我在不知不觉中失去了许多，但也获得了许多。

这天午饭，妈妈一边熟练地往我碗里夹菜，一边关切地说："你正长身体，多吃点儿菜。"此时我也连忙为妈妈夹了一些菜，妈妈笑眯眯地说："好孩子，谢谢你。"我对妈妈说："我已经不是小孩子了，我已经长大了，我懂事了。"妈妈嘴角向上扬了一下说："可在妈妈眼里，你永远是个长不大的孩子。"是啊，在父母眼中，我永远是个淘气的小孩子。

在这六年里，我众多的第一次汇聚成了成长的过程。第一次为父母过生日，第一次为父母做丰盛的晚餐，第一次把书柜整理好，第一次……在这一点一滴中，我渐渐长大了。

记得在我第一次独自骑车上学时，和煦的微风吹着我的脸颊，那时，我全身放松，忘记了考试的烦恼，只感到成长的快乐，花草的多情……在校门口看着一年级学生与家长恋恋不舍的情景，我忽然有种自豪感，与此同时也想起了许许多多自己成长的故事。

成长的故事太多了，而成长的滋味是酸甜苦辣味味俱全，它使我的生活多姿多彩。我一不小心长大了，我喜欢长大的感觉。

第三部分
努力了，就不后悔

那天晚上，季落做了一个梦：几只白鸟在天空中逆风飞翔，划出一道道银色的弧线，不自觉的，嘴角勾起了浅浅的弧度。

——金雨茜《囚鸟》

囚　鸟

金雨茜

　　天，很蓝，没有一丝杂色，淡淡的，很美，但感觉很空虚。太单调了，他趴在靠窗的书桌上，一手托着下巴，另一只手有规律地玩弄着写作业用的笔，隔着一层透明的玻璃，端详这片天空，做出了评价。

　　"季落！你又在发呆吧？"这声音同爆炸一般，震得他猛地一哆嗦，手上的笔也滑到了地上。"天，'隔空传音'又升了一个等级了啊，老妈还真了解我呢。"季落叹了口气，捡起了笔，拼命集中精神，对付那堆奥数题去了。比起那片天来，自己的生活也许更单调吧。人家说，书是进步的阶梯，可季落怎么想，都觉得眼前的这叠书是监狱，把他困在复杂的问题中出不去，琢磨他们，就像进了死胡同，怎么也绕不出来。好烦啊，他重重地靠在椅背上，继续仰望天空，思绪如飞鸟穿梭。

　　晚上，得去上"地狱"奥数班了啊，季落闭上眼，也不知道姜老师这回要怎样对付我呢，要做好准备啊，我的世界真麻烦。

　　街道两旁，路灯银白色的光，很刺眼，以前的光是暗黄色的，比现在的要温暖多了。季落慢腾腾地走着。突然，一辆黑色的汽车滑出一道弧线撞向了他！幸亏季落反应灵敏，闪身一躲，汽车从他身边擦过，车身的灰尘在他白色的T恤衫上划过一抹灰痕。心情烦躁的季落原本就像一座静默着的火山，这充满"火药味"的摩擦就像一道导火索，使得他一下子爆发了开来，大声向那个司机吼道："你疯了吗？开车不长眼睛的啊！！！"那人看起来四十多岁，很显然不把小孩放在眼里。他摇下车窗，懒懒地打了个哈欠："小鬼，叫这么响干吗，别太嚣张了。叔叔顶多跟你说声对不起喔！"说完，他冲季落甩了甩手腕，接着扬长而去，只留下了一堆"乌烟瘴气"。"你！太不讲道理了！该死的老头！"季落气得两道好看的眉毛皱成了一团，朝远去的黑客挥着拳头，却不经意间瞥了一眼手上的表，紧接着在内心发出一声"撕心裂肺"的惨叫——迟到啦！

原来，季落平时总是卡着时间到奥数班去，在这一个令他恼火的插曲之后，吝啬的上帝早就不客气地把时间轮盘"呼啦啦"转悠了一大圈啦！

当天的这个时间，所有路过那条街的人都能感受到一阵旋风一闪而过。

"呼，呼——"终于，季落冲到了教室门前，大口大口地喘息，他埋下头，用力地用手背擦了把汗莹莹的脸，刚想进去，便感到自己被一股力量拎了起来，随即，他的耳朵全被那个熟悉的、沙哑的、令人毛骨悚然的声音占据："季落，你又迟到了。"季落条件反射地抓住那只揪着他衣领的手，使劲往下按，力量消失了，而他自己也一个重心不稳，跌倒在地。抬起头，眼前的人显得格外严肃，仿佛有几千道阴气迸射出来，把周围的气氛渲染得十分恐怖，季落不禁打了个寒战，"姜老师。""你已经不是第一次了！眼看就要小学毕业了，却还不抓紧，懒懒散散的，像样吗？"姜老师如机器般不堪入耳的声音明显提高了，"如果你在学校里也这样不以为然，那你就没救了！"季落捏紧了拳头，竭力压住火气，阻止自己第二次的爆发，勉强把语调控制在平静的程度上，说："我是有事才耽搁的。""哦，是吗？"姜老师挑了挑眉毛，显露出怀疑的神色，"那你先进去吧，放学留下写检查。"季落的拳头又捏得更紧了点，他埋着头，从牙缝里挤出一个字："是"，快步走回了座位。

"这道题有3种解法，首先，把AC两点的中点，和……"季落觉得像掉入了陷阱，在乱七八糟的几何"迷宫"里面理不出头绪，搞得人昏昏欲睡，而姜老师那些稀奇古怪的解法就更听不进去了，他不禁用手擦了把脸，想使自己清醒一点，没办法，每次他一学奥数就有种怎么都绕不出来的感觉，大脑都快要死机了。"你看起来很不爽哎，心情指数不高吧？""啊！"正在发呆中的季落被吓了一大跳，先一愣，接着猛地一回头，对上一双黑白分明的大眼睛，"呼，苏翎你吓死我了。"季落吐了口气，瞪着自己的同桌——这丫头可是他的死党。苏翎突然拽了一把他的衣角，低声提醒道："小心点，姜老师看你呢。"季落忙回过头去，但也不忘小声嘟嚷几句：切，还不是你害的……

"季落！你来回答这个问题！"

完了完了完了，刚才根本没听啊！季落不知所措地站在座位上，一动都不敢动，天，看来放学得写双份的检查了。再看看前面的某位同志，只见姜老师的额头上形成了一个标准的"川"字，一脸杀气地盯着季落，那气势好像要把季落一口吞了似的。"怎么，不会了？刚刚不还讲得挺开心的嘛，原来，你和苏翎不是在讨论问题呀？"姜老师带刺的话语，一下子把包着季落怒火的纸戳破了，火焰噌噌噌地往他脑袋上冒，但他自知理亏，也不好辩驳，只好控制住自己的情绪，低着头站在那儿。见他这样，苏翎不觉有些愧疚，毕竟这事是她的错啊。

终于，奥数班里受苦受难的群众总算得以解放了——放学了。如果你那时经过他们的教室门口，你会看到一派壮观的景象：大群的学生"呼啦"一声，像后面有怪兽追着似的，全涌出教室，笑着跑回家去。

当然，这种放学后的喜悦是不属于某个人的。季落沉着脸，立在讲台桌边，望着姜老师平静地喝茶，随后缓缓地抽出一份文件，放在他面前。"季落呀，在小学的学习中，6年级是冲刺的阶段，不抓紧是不行的。"听着姜老师的话，季落有一种不祥的预感。"你妈妈告诉我，虽然你语文成绩不错，但数学却很一般，所以，她请我给你制订了一份学习计划。"这位已教学十几年的老教师又把那份文件向季落的方向推了推，抬了抬尖尖的下巴，示意他看一看。季落犹豫了一下，接过文件，浏览起来。忽然，他的眼瞳因惊奇而放大了——照计划上学习的话，岂不是什么娱乐的活动都不能做了吗？更重要的是，照这样不就没有练习钢琴的时间了啊！"我不同意！"想到这儿，季落激动地抗议道："这太不公平了！我现在的作业已经够多了，再做我会崩溃的！而且，我马上就要参加钢琴考级，不练习怎么可以！"

钢琴，这是季落一直引以为傲的，当他的手指灵活地在那一排整齐的琴键上舞动时，当他听着自己创造出的一连串美妙的音符时，他会沉醉于音乐之中。季落更乐意于一种无目的的发呆状态，那时候，他甚至会觉得自己是只快乐的鸟儿，便能把一天的疲惫一扫而光。如果按"计划"生活，他无疑是一台设计好的机器！还有痛快淋漓的篮球赛、天马行空的网络游戏都好像在遥远的天边向他道别……一时间，委屈与怒火在他胸腔中风起云涌。

姜老师严肃地看着他，用毋庸置疑的语气说道："要想取得好成绩，就必须付出代价，你难道不懂吗？"这时的季落，已经被愤怒的火焰烧遍全身，他不管三七二十一地大声叫道："就为这个，你们就剥夺我的权利吗？就为这个，你们就囚住我吗？"姜老师一愣，没料到他会有这么强烈的反应，然后继续厉声说道："剥夺？囚？这是为你好！老师和父母是不会害你的！""可你们等于用学习剥夺我的自由、快乐，等于把我牢牢囚住了！"这回，姜老师是真的被震住了，他深深地注视着眼前这个因不满而喘着气的少年，沉默了一会儿，似乎在做着激烈的思想斗争。许久，他叹了口气，无奈地说道："你先回去吧。"

季落走后，姜老师陷入了沉思，其实，他不但是季落的奥数班老师，还是季落的班主任。他清楚，季落实际上是个聪明的孩子，只是他太不甘愿受到约束。本来，他还不是很在意，但今天，季落的话让他震撼了，难道他错了？可不这样，季落又怎能通过毕业考试？这次的小学毕业考试除了摇号的之外，买分的名额实在是寥寥无几，按季落现在的成绩来看，他必须让他更加努力。可这么做，是不是如季落所说，囚住了一只自由飞翔的鸟呢？也许，矛盾，就是这种感觉吧。忽然，姜老师露出一丝苦笑，自己，又何尝不是被囚的一员？

月，在深蓝色的天空中，显得那么白，甚至有些透明了。季落半靠着房间里的大理石台板的窗台，耳边仍回荡着姜老师的话语——要取得好成绩，就得付出代价。他望着月，有点恍惚，尽管他拼命地想甩开约束，可还是无法抗拒，这就像鸟的速度比风快，但鸟无论如何都飞不出风的世界。季落感到一片茫然……可他又能怎么办？他还不知道，要在这个充满竞争的社会生存下去，只能被囚。

那天晚上，季落做了一个梦：几只白鸟在天空中逆风飞翔，划出一道道银色的弧线，不自觉的，嘴角勾起了浅浅的弧度。在梦的国度里，他不会是只囚鸟。

我们班的"八大家"

吴依尔

"唐宋八大家"大家都知道吧？我们班也有"八大家"，大家肯定不知道是怎么回事，下面我就给大家介绍介绍吧！

首先向你们介绍的是"数学家"——蒋印豪。数学课上，大家束手无策的问题，他常常很快就能破解，这让我们不得不佩服他。

一张白皙清秀的瓜子脸，一头瀑布般的乌黑秀发，加上一双黑亮的眼睛，这就是我们班的何丽丽。她不但人长得漂亮，那优美的舞姿更能把你迷倒。因此，她便当仁不让地夺得了"舞蹈家"的头衔。

"每一次都在徘徊孤单中坚强，每一次就算很受伤也不闪泪光，我知道我一直有双隐形的翅膀……"噢，原来是"歌唱家"洪叶在为大家演唱《隐形的翅膀》呢！那甜润的嗓音婉转动听，我们陶醉了。

前面那个正在和同学说说笑笑的男孩就是我们班的活雷锋——"热心家"过继宏。上周的一天早上，倒垃圾的值日生还没来，可时间已经是7点40分了，大队干部马上就要到教室来检查了。过继宏一走进教室，立即放下书包，飞快地朝卫生角走去，提起满满的两袋垃圾就朝教室外跑去。

咦，大家都跑到哪儿去了？哦，原来是硬笔书法比赛结果出来了。我们班的成绩呢？看到了！看到了！最上面的一张，就是我们班傅正阳写的，他获得了第一名的好成绩。从此，他便拥有了"硬笔小书法家"的称号。

每当大扫除来临之际，大家总能看见她忙碌的身影。她就是"劳动家"——张一璇，你看，现在她正率领大伙儿打扫卫生呢！

我们班还有一位"演说家"，那就是我。我多次在演讲比赛中获得一等奖，前不久还参加了电视台组织的辩论大赛呢！

最后我要向大家推荐的是爬格子的"作家"——余可尔，每学期她总有几篇"豆腐干"在报刊上发表，连我们的语文老师都十分欣赏她。

其实，我们班带"家"字辈的人物还多着呢！想认识他们吗？那就来我们班吧！

我是小小魔法师

朱 静

　　"丁零零"小闹钟又像平时那样叫我起床。"哎呀，不好，7点了！"上学要迟到了，我赶快穿好衣服，乘上魔法彩云来到学校。

　　哦，肚子好饿呀，早上起床太晚，忘了拿早餐了，怎么办呀？要不拿钱买点东西吃？走到小食店门口，看着琳琅满目的点心，我馋得直流口水。我点了一杯牛奶和五个奶黄包，服务员阿姨微笑着把餐点拿给我并叫我给钱，我一摸口袋，哎呀，不好，没带零花钱，于是我又把东西还给阿姨。我好饿呀！忽然，我一拍脑门儿，我不是有超能力吗！我手指家的方向，嘴里还念念有词："1234567，7654321，彩云之法，变！"顿时，一团雾升起，被雾包围的就是我那个宝贝餐盒！里面还热乎乎的，一定是妈妈又给我准备好吃的了。

　　该上数学课了，"请准备好数学书和课堂练习本。""丁零零……"我一摸书包，数学书没了！徐老师环视了教室一圈，发现我没带数学书，便问我："你怎么不带数学书？"我在心里默念咒语，老师的话根本没听见，顿时，数学书就钻到了我的书包里，我手一伸进书包，便把数学书高高举起，说："在这里，老师，我带了数学书！"老师被我的举动惊得目瞪口呆。而我却在心里得意扬扬。

嘻嘻，愉快的一天又过去了，真喜欢在"魔法学院"的生活。

"关灯，上床睡觉！"妈妈严肃的声音又在我的耳边响起。我在妈妈的再三"看守"下，上床睡觉了。Good evening!

想和校长聊聊天

王成娟

　　如果有一天，我可以单独和校长聊聊天，那该有多好啊！像我只是一名普普通通的小学生，哪有什么资格去和校长说话！但是，如果真的可以的话，那就不是一天两天就能说完的。

　　"校长，打扰你了，今天，我想和你聊聊天，可以吗？我主要想和你谈论的话题是关于学习方面的。

　　作为6年级的一名学生，压力特别大。因为我们在这个阶段里，不仅要学习新的知识，还要把以前1至6年级所有的内容再复习一遍，所以，就连每周几节体育课的时间都没有。玩是儿童的权利，谁都不能剥夺的，不能因为你是老师，为了成绩，学校的荣誉，就无条件地剥夺了我们的权利。我知道，你们这样做，也是为我们好，但是要有个"度"。整天在学校，除了学习还是学习，就像一只被关在笼子里的小鸟，失去了自由，不能和其他的伙伴一起在湛蓝的天空下自由地飞翔，但是，你可知道它内心的痛苦吗？你当然不知道，因为你们总认为自己这样做是对的。你们可知道，你们越是这样做，越是激起同学们的逆反心理，整天沉浸在网吧里、逃学和老师顶嘴等许多不良行为，这一切的一切，都是谁造成的，不用说也知道，这些学生总是被老师批评而失去了自尊心，所以就变得很讨厌老师、家长。每个人的基础不一样，同样的时间，同样的精力，相差的却还是成绩。总拿我们的缺点和其他人的优点比，却不知道我们其实也有优点……"

话是不能一下子说完的，只有说到做到，才是最好的。

最初·现在·未来

潘燕红

　　世博会向我们展示了一个个城市独特的一面。感受着世博会上城市必不可少的发展，从最初演变到现在，在如今遐想着未来。一切变化展现在我们的眼前，今日的不可思议，就是明天的创新。我们瞪大了眼睛去看着日新月异的变化，不知如何为未来喝彩。城市发展的未来将会是什么样的呢？

　　城市的刚开始与现在有着一定的变化。城市有时热闹，有时静寂，这一点始终也没有改变。普遍的交通工具是轮渡，一艘艘船每天载着在城市之间穿梭的人们；慢慢有了汽车，每天送着早出晚归、忙忙碌碌的人们；走远路就乘火车，蒸汽火车一路开过留下的是回荡在耳畔印象深刻的汽笛声和轮子发出的巨大声响，还有白茫茫的蒸汽……形形色色的人们摩肩接踵，发展到现在，其中一定有着太多的惊讶。

　　现在是今非昔比。城市无论是白天还是半夜都是繁华的都市，更加热闹。城市里来来往往的不仅仅只是人，还有便捷的汽车，交通更加方便，汽车是更加普遍。如今的生活中充满着和谐，人与人之间都有一定的规则，尽量做到人人礼让，成为城市发展必不可少的因素。过去可以为现在积累经验，面对经济危机，理财对于我们少年儿童似乎过于陌生，但我们整个集体总会有应对的办法，这也能使城市更好地发展。如果把城市最初和现在对比一下，就会发现城市发展的巨大变化，从两三层楼房的建筑到攀天的高楼大厦，从轮渡到汽车，从蒸汽火车到高速铁路……那么大，那么快的变化实在令人难以置信。

未来将会是一个怎样的面貌。越来越发达的城市让人对以后产生了许多的想象。未来世界是一个地球村。世博会上为我们展示了一个充满着勃勃生机的城市。将来的城市一定会比现在更加神奇，人与人之间，城市与城市之间，这个大整体会更加和谐。总之，未来肯定越来越让我们瞠目结舌，产生更多的不可思议，现在与未来对比一下，究竟会有什么巨大的变化？

校园五味瓶

鲁　雨

　　"校园生活是道菜，美妙滋味让人爱。"品味这个学期的生活是很有趣的。

　　酸酸的——好伤心！就说前几天我们班和二班那场篮球赛，激烈程度不亚于奥运会决赛。前几次我们班一直没有赢过二班，所以这次我们观战的女生都在默默地祈祷着老天能开眼，让我们赢二班。一见球到了二班手里，我们便担心地盯着球，不断地小声说："不进！不进！！"一见球到了我们班手里，我们便用期盼的目光盯着球，不断地大声喊着："进！进！！"一开始我们班配合默契，进行顺利。鲁森敏捷地传球，如下山的猛虎，赵志远准确地投篮似出水的蛟龙。连进几球，把二班远远地甩在后面，啦啦队员们个个脸上露出了灿烂的笑容，心想："这回赢定了，就等着拿第一吧！"可是心急吃不了热豆腐。不知是体力不行了，还是其他的原因，我们班的势头渐渐弱了下来，眼看二班的分数渐渐追上，我们女生却无可奈何，有的在心中暗暗划着十字祈祷，有的喊破喉咙呐喊助威。但我们班的分数还是温度计掉进冰水里——直线下降，最后败兴而归。全班同学都垂头丧气地回到教室里，"为什么我们每次都赢不过二班呢？"我趴在桌子上，只觉得心里酸酸的。这酸，比山西的老醋还酸。

甜甜的——好开心！"你有鸡蛋高（糕）吗？"校园里出现了这个奇怪的问题。是我们班的"开心果"——王豪东发明的，看清楚了，是身高的"高"不是蛋糕的"糕"哦！有好多同学都因为这一点被他给捉弄了。王豪东告诉被捉弄人的真正原因后，被捉弄的人也不生气，先是一愣，然后也跟着王豪东笑了起来。那银铃般的笑声像一段优美的音乐，跳动着，飞扬着，回荡在校园里，让人觉得心里甜甜的。这甜，什么蜜糖都比不上。

苦苦的——好苦心！今天上午全班同学没有一个完成作业的，老师满脸阴云了。我想：天啊！又该"下雨"了。老师一生气，布置了很多作业。回到家，看着面前堆得如小山般的作业，我一筹莫展，只好放弃了玩乐的时间，一心扑在了写作业上。皱着眉头喝着妈妈给我烫的牛奶，总觉得苦苦的……

辣辣的——好火辣的心！"上体育课喽！"同学们欢呼着冲出教室，一眨眼的工夫，全班同学都来到操场上站好。在操场上，同学们火辣地做着热身运动：俯卧撑、高抬腿……最后，"自由活动！"体育老师一声令下，全班同学"噢"的一声，一哄而散了，三五成群地在一起玩。男同学打球，女同学跳皮筋、踢毽子，玩得热火朝天。一张张红红的小脸，像一朵一朵盛开的花朵，绽放出满脸灿烂的笑容。同学间开玩笑，谁也不恼。

校园生活像是一个五味瓶，酸、甜、苦、辣……样样俱全。五彩缤纷的生活总是让人咀嚼和回味。

"朱丹桐"诞生记

朱丹桐

我叫朱丹桐,很多人初次听到我的名字就笑话我:你的名字怎么尽是红啊!他们一定是听成了"朱丹彤"。其实我名字的三个字分别是朱熹的朱,丹顶鹤的丹,梧桐树的桐。也许你看到这个名字,以为是我的父母亲希望我像丹顶鹤那样婀娜多姿,像梧桐树那样招引人们的注意吧?其实,并非如此。

如果你的文学功底较好,也许读过这样一首诗:

十岁裁诗走马成,
冷灰残烛动离情。
桐花万里丹山路,
雏凤清于老凤声。

这是唐代诗人李商隐的一首七绝。这首诗的后两句,以"雏凤清于老凤声"表明青出于蓝而胜于蓝。同时,你可以看出爸爸、妈妈在我的身上寄予了无限的希望。

李商隐写得真好，他联想到传说中的凤凰产在丹山，凤凰爱栖息的是梧桐树。通过想象的驰骋，他描绘了这样一幅令人神往的图景：遥远的丹山道上，美丽的桐花覆盖四野，花丛中不时传来雏凤清脆的鸣声，应和着老凤深沉浑厚的呼叫声。多么美好、多么绝妙的景色啊！

　　也许在爸爸妈妈读完这首诗后，诗中的两个字吸引了他们的眼球，这就是"丹"和"桐"二字。

　　一提到"丹"，人们都会不约而同地想到丹顶鹤。其实，我的名字与丹顶鹤还真有着千丝万缕的联系呢。丹顶鹤的冠是红色的，长长的嘴，走起路来十分轻盈，很多人都十分喜爱它。我们国家为了保护丹顶鹤，在黑龙江省齐齐哈尔市建立了扎龙自然保护区。扎龙不仅仅是丹顶鹤的故乡，也是妈妈的故乡呢！

　　而"桐"，也不仅仅是栖息凤凰的梧桐。也许你听说过古典文学中"桐城派"诗人，桐城是一个小城，就是今天的安徽省桐城市，那里是爸爸的故乡。爸爸曾经告诉我，桐城之所以称桐城，因为很多人相信春秋时桐国就位于那里。然而，爸爸却不相信这个说法，爸爸说他宁愿相信桐城是万桐之城的传说。爸爸说他小时候，在乡间山前屋后，随处可见一棵棵桐籽树，其上所结桐籽，黄时采摘下来，售出后可补贴家用。"桐籽青，桐籽黄，桐籽树下望婆娘"，古老的童谣，至今犹响在他耳际。在爸爸的熏陶下，我也相信桐城之名得于万桐。无论如何，梧桐也好，青桐也好，我的名字中有个"桐"字，可以看出爸爸对故乡的眷恋！

　　你看看，这几个字串在一起就是我的名字——朱丹桐。这个名字多好听啊！朱丹桐的名字就是这样诞生的。

一件难忘的事情

苏丽蓉

一天下午，我正走在放学的路上，突然，一声清脆的汽车喇叭声传来，一辆崭新的轿车在幼儿园门口停了下来。三个满脸稚气的小孩蹦蹦跳跳地围上来。咦！这不是李叔叔、刘主任、马伯伯的宝贝儿子吗？我一下子就认出了他们三个。

"司机叔叔，汽车怎么停下来了？"一位年轻司机刚下车，李叔叔的儿子就歪着脑袋问。

"汽车呀，肚子'饿'了，要'吃饭'了！"年轻司机风趣地逗他。

"嗯！我也知道汽车一定是'饿'了，要'吃饭'了。"刘主任的儿子蛮有把握地翘起小嘴说，"有一次，爸爸请了厂里的司机到家里吃饭，我问爸爸为什么请司机叔叔吃饭，爸爸告诉我：'吃了饭，汽车就会跑得快，给咱家拉回煤。'真的，吃完饭，汽车就'嘟'地给我家拉煤去了。"

"不！汽车才不'吃饭'哩！"李叔叔的儿子扬起脸，瞪起眼睛反驳，"汽车'吃烟'！有一天早上，我上幼儿园就要迟到了，爸爸叫来厂里的小汽车。我上车后，爸爸给了司机一包香烟，说：'开快点儿。'我还没跟爸爸说'再见'，汽车就'嘟'地往前跑了。车的屁股后面还冒着烟呢……"

"不！汽车不'吃烟'。"马伯伯的儿子还没等他的朋友把话说完，就大声地说："汽车吃'油水'！一次；我爸爸让叔叔到厂里车队开车，对叔叔说：'开汽车的油水多，够吃够用的了……'"

司机听了，摇摇头，叹了口气，尴尬地走开了。

站在一旁的我，心里有一种说不出的滋味。

这时，三个男孩争论得更厉害了：

"汽车'吃饭'！"

"不！汽车'吃烟'？"

"不！汽车'吃油水'！"

他们三个争论得面红耳赤，谁也不肯让谁。突然，他们发现了我，就一起拥到我跟前，异口同声地问："哥哥，汽车到底'吃'什么呀？"

还没等我反应过来，他们就嚷开了：

"是不是'吃烟'？"

"是不是'吃饭'？"

"是不是'吃油水'？"

……

望着小朋友天真的脸，我很茫然，汽车到底"吃"什么？我也被问住了。我能对他们说清楚吗？

凌老师扮演的角色

刘起航

6年级的时候，我们班同学们团结在一起，组成一个亲密的大家庭，在一块学习、生活，这一切都源于我们有一个像家长一样的班主任——凌老师，她除了给我们上课外，还担任了许多其他的角色：

称职的炊事长

我们班上有许多同学家在外地，他们长年住校，凌老师给予了他们无微不至的关怀。有个同学身体不好，凌老师每天上班时，都从家里带一个煮好的鸡蛋给他补充营养；逢到中秋节、端午节等特殊的日子，凌老师还经常让他们去自己家里加餐。每次，都是凌老师亲自下厨，做同学们最爱吃的菜，看着同学们吃得津津有味，凌老师脸上总会洋溢着幸福的笑容。

负责的医生

我们所有的同学都形成了一个习惯，如谁身体不舒服了，首先想到的不是去医院，而是马上报告凌老师。如果是感冒之类的常病，就在她那里拿药，因为凌老师办公室有一个小药箱，备有常用药。如果病得比较严重，凌老师就会用她的电瓶车把"伤号"送去医院。记得有一次，班上有位女同学下楼梯时不小心摔倒了，凌老师第一时间赶到，拿出自己的手帕裹住那位同学正在流血的伤口，把她抱上电瓶车，以最快的速度送往医院……

可爱的圣诞老人

每年的圣诞节，凌老师都会组织同学们举办一个主题活动，每个小组和宿舍都得准备节目。活动过程中，大家载歌载舞，快乐极了。但是，最令我们开心的是，凌老师会扮演成一位圣诞老人来到我们中间，给我们每个人送上一份小礼物。说心里话，凌老师身着圣诞老人的装扮，依然是那么漂亮！

我们喜欢凌老师所扮演的每一个角色，因为我们知道，不论凌老师扮演哪一种角色，都是对我们的爱！

努力了，就不后悔

罗弘毅

"罗弘毅，告诉你一个好消息，你被选上参加跆拳道比赛啦。"教练说。

"真的？！"我开心地跳起来。高兴的原因当然有很多，一是我参加跆拳道训练时间不长，能被选上去省里比赛很不容易；二是今年是奥运之年，举国上下都在欢庆奥运会的到来，许多同学都参加了迎奥运的系列活动，我也很想参加。瞧，正想着好事就来了，远景杯"迎奥运"跆拳道比赛于5月2日在广州举行。我赶紧跑到了爸爸的办公室，把这个好消息告诉他。他也非常高兴。于是我抓紧练习，为比赛做好充分的准备。

比赛那天，我与其他队员一起去了广州，来到了比赛的场馆。远远看到银灰色的大门庄严神圣，匾额上写有"广东省跆拳道训练基地"几个大字，我们的心情非常激动。走进院子，映入眼帘的是写着"热烈欢迎全省的跆拳道比赛选手"的标语，红底白字，醒目又热情。再看院子里已经来了许多人，大家一律身着白色的跆拳道道服，只是腰带有不同，有黄色的、绿色的、红色的、黑色的，有的还有黄绿相间的等等。那是代表不同的级别。我处于黄色的一级，还是属于少儿组的基础级。

比赛开始了，已经有选手陆续表演了。他们有的打得非常好，一招一式都很规范；有的却不怎么样，拳脚都没有力量。我是第17个参加比赛，是我们东莞代表队的第一个参赛选手。我有些紧张，深呼吸了几口气，抬眼看了看教练。他冲我点点头，笑了一下。我明白了教练的意思，忙系好腰带，排上队伍等候。

开始表演了。我首先把选手证恭恭敬敬地递给了裁判，然后回到舞台中央开始打太极第二章。我大吼一声"哈"，然后猛地出拳，紧接着向左转，下段冲拳，又向后转，下段冲拳。打了一圈后我觉得打得有点急了，忙放慢了节奏。向左转，两个中段冲拳，紧接着向左转，下段前踢冲拳。又向后转，下段前踢冲拳。到了难度最大的地方，我连着两个上段冲拳，又来了个270度旋转中段，再向右转中段，向左转下段前踢冲拳，最后前踢冲拳，大喊一声"哈"，收宫定神。第一场表演完，我用眼角瞄了一下评委。只见他微微点了点头，然后写了几个字。可惜不知道他写了什么。

接着，我来到了第二场的比赛场地。打这一场的时候，我已经熟悉了环境，心里就不那么着急了，打得非常熟练流畅。我想象面前正有一个对手，我们在对打。我一招一式都努力打到位，一拳一脚都很有力，整个过程如同行云流水，一气呵成。在那个难度最大的地方，我前踢冲拳的力量非常大，又配合一声高吼，怒目圆睁，气势如虹，所以赢得场上观众热烈地鼓掌。比赛结束后，我抱拳行礼后，很开心地离开了比赛场地。

回到家已经是晚上了，我有些烦躁。妈妈看出了我的心思，就劝我说："如果想知道多少分，可以打个电话问问教练"。于是我拨通了电话。教练说："罗弘毅，你表现不错，得了21分，荣获第三名。"我听了很高兴，因为能得到奖牌了，又有些失落，因为毕竟没有得第一名。爸爸宽慰我说："学习跆拳道是为了锻炼身体，这是最主要的。能被选上参加比赛就已经很不错了，你还得了第三名呢。再说比赛最重要的是尽力，努力了就不后悔。"

我听了，觉得有道理，心情放松了好多。是啊，努力了，就不后悔。与其事后后悔，不如在比赛之前就尽心尽力。比赛是这样，还有什么事不是这样的呢？

巧识"辛"和"幸"

夏之野

　　我们班经常有学生将"辛"字写成"幸"字，吕老师多次提醒，效果都不好。但是自从吕老师给我们上了一节特殊的识字课之后，我们班上再也没有同学将"辛"字写成"幸"字了。

　　提起那节特殊的写字课，我的印象特别深。吕老师首先在黑板上端端正正地写上了"辛"和"幸"这两个字，笑着对我们说："同学们，这两个字太像了，像双胞胎兄弟，你们有什么好办法正确分辨他俩呢？"

　　吕老师的话音刚落，同学们就认真仔细地观察了起来。不一会儿，田旭举手回答说："这两字的上面不同，'辛'字的上面是个'点'，'幸'字的上面是个'十'。"

　　吕老师点了点头，用蓝色的粉笔将这两个字的上面描了描，说："是呀，你看得可真准！"

　　叶枫也举起了手，回答说："吕老师，我通过观察发现，这两个字的'横'这一笔画有区别。'辛'字的第二横最长，而最上面和最下面的横都比较短；'幸'字呢，共有四横，其中第一、三横比较短，第二、四横比较长。"

　　吕老师根据叶枫的回答用不同颜色的粉笔将这两个字的横标了出来，高兴地说："同学们，你们瞧，只要我们有一双火眼金睛，仔细观察，就可以找出形近字的区别，也就可以避免将它们混淆了。"

　　从那以后，我们班就再也没有发生过有同学将"辛"字写成"幸"字的现象了。

再见了，我的朋友！

徐超琼

"唰唰唰"抬头环顾四周，大家都在埋头苦思，沉默在这一片紧张的气氛当中。——这是小学当中最后一次测验，也许，也代表着要给这一段画上一个句号。

似乎——句号还有些不圆，究竟还丢了些什么？

一段段回忆似波浪般冲入脑海。

一

我的前桌是一个性格活泼的女孩子，给人一种自然、容易靠近的感觉，自然而然，日子已久，也成了好朋友。"我能不能拜托你在老师讲题的时候，多少也听着点吧！"我好心劝道。但她总是不领情，嘟着个嘴说："这题我懂，真的懂！""你有哪次不这样，算了，我不管了。"我不耐烦地说。十秒钟后，"历史悲剧"又一次重演——"拜托，这是最后一次了，以后我保证好好听讲！"她捧着数学书，用可怜巴巴的眼神望着我。算了算了，饶过她这一次；不行，要是下一次她还这样，那可这么办？我非得给她个教训不可！"哼，我才不帮你，谁让你上课不听！"我狠着心说。"不说就不说，'小气鬼'"。我火冒三丈，自己倒还没凶她，她倒给我来了个下马威。一分钟后，我反省自己：也许是我话太狠了吧，说到底也是朋友一场。于是我拉了拉她的衣角，她回过头来，一脸迷雾，"什么事呀？""我跟你讲刚才那题！"经过唧唧咕咕一阵讲解后，口干舌燥。"哎，你到底懂不懂啊？""我早就懂了，问同学的。""不早说。"我用书使劲敲她的头。"哎哟！"两人沉醉在一片笑声中。

二

教室里，静悄悄。大家都皱着眉头做思考题。成绩差的同学没过二三分钟就哭天喊地。我挠挠头，把头都快抓破了，也想不出一点思路。"哎，我知道答案了，要不要咱俩分享一下。"不知是谁对我说。"走开走开，我才不要。""好心没好报。"只听着他说了这么一句，便走开了。"好，又有一个同学做出来了。"……没过几分钟，老师就开始讲题了，啊，原来那么简单呀！做对的人有好多，我心里真不是滋味，不知是嫉妒还是羡慕。

三

这是第六个"六一"儿童节，大家像吃了兴奋剂般高兴，一个个都在傻笑。就连教室也被打扮得像一个宫殿，进了门，好像进入了童话世界里。每一个差生都在扮鬼脸，疯狂地玩，仿佛是一个个玩偶。起初，文静的同学还有些拘束（毕竟是在学校，不能胡来）但不管怎么说，也是个孩子呀，天性好动，在经不住诱惑之下，一起玩了起来。大家好像又回到了小时候，抛开一切，没有一丝负担，尽情地放松自己！

……

"离收卷还有十分钟！"老师的一句话惊醒了我。

六年了，相处了整整六年的时间，我的眼角抹出一滴透明的液体，落在了卷子上面，闪动着——好像一个句号。我终于找回了那件丢失，哦不，是一直陪了我六年的"宝贝"———一份真诚的友谊。

再见了，我的同学！再见了，我的朋友！再见了，我每一个知心人！相信我们有缘还会再见面！

就读新西兰

张蓝天

在新西兰，青青的草，蓝蓝的天，碧碧的海，成了这个城市的标志。

在湖畔，有一幢像城堡样的建筑，那是学校，高高飘扬着米字旗。门口慈祥的女教师，有一头漂亮的黄卷发，胸口的领带随风在飞舞。她捧着本子，拿着笔，用温柔的像春风般的语调询问每个报名的孩子。

开学第一天，我背上装了笔盒和本子的书包，轻步迈进门厅。我来到教室，真像家一样，有木地板，门是个黄布帘子，进去把鞋子按学号放在鞋柜里，穿着袜子进去，因为里面都很干净，夏冬有冷暖气。教室很大，一人一张大桌，教室最后面还有大洗手间，这个教室让人感到非常舒服。

老师来了，是一位幽默的男教师。他发了一大堆各种树的果子，并给每人一本故事书，我想：课本呢？便问其他同学，他们笑了："你就是从中国小学来的吧？你们那儿是死读书，读死书，告诉你，我们没有课本，也没有作业，噢！作业很轻松，星期一开始做，星期五交，只要把故事书复述一遍，每次一节。"哇！这个国家的教育好独特！

语文课上，老师让我们说说自己国家的趣事或习俗，有兴趣可以说，不说也可以。我勇敢地举了手，老师说："张蓝天小姐，你说哪个国的？"（这儿老师对学生很尊重，称呼"小姐"和"先生"，回答问题是坐着说。）我坐在位子上，口若悬河，讲述中国自己家乡的龙井茶，绍兴的千层饼，北京的"驴打滚儿"和"半空儿"……我又从抽屉中拿出小食物（食物可以带），"瞧，中国的特产！"老师点头同意，便用钥匙打开看似墙的门。里面是个餐厅，我们大家在一起，我还特地用茶壶泡了龙井茶，同学品了茶，吃了饼……都夸了起来，很多从别的国来的同学，也拿出特产，品尝美味，一节课就在欢乐中结束了。

实践课是在一栋独特的大楼里上，这里简直像个科技馆。里面有新西兰的历史，新西兰的发明，还有"泡泡罩"，大泡泡可以把五六个人罩在里面，有一块沙地，里面藏了恐龙化石的复制品，我们挖呀挖，像一个考古学家……由于新西兰重视学生对生命的意识，大楼有好几层是讲述人体的。最好玩的是"大嘴"，四五个人坐一辆小玩具车，从嘴巴进入，经过大肠，小肠等人体器官，最后出来。我们在玩中收获了乐趣，在乐趣中收获了知识。

阅读课，学生可以去阅览大楼。里面有许多藏书，里面有沙发、靠垫……去得早，还有小包厢呢！在里面，你可以躺着，靠着，坐着看都可以，不过，不是压制性的，你不愿读，可以去大楼旁的放松室，里面有游览小车，坐上去眼前的情节在移动，情节是书里的，这样，你又像在阅读了。

活动课是最惬意的课。我们常常坐上马车，去不远处的大片草地，有两片土地相连地排着，正如两个极大的草原，中间有一条明丽的小河将它们分开。在河两边，在某一地点渐渐地分开，便造成一个浅的渡口——一条安静清澈的小河，在光辉的水面上发光；红色的蝴蝶绕着黄白的花飞舞；在水边的棕榈树上，鸟儿叫着，仿佛银铃一样。河上系着几条小船，人们常乘船渡到对面的草地上，带着木盆和长剪刀，去剪自己养的羊身上洁白的毛。草地上，一群群牛羊，像一个个白点和黑点在移动，真是"天苍苍，野茫茫，风吹草低见牛羊。"牛羊们迎着阳光，在长草的"波浪"上浮游……

就读新西兰时的情景，像梦一般飞过。回到现实中，我放下沉重的书包，眼前仍是读不完的课本和写不完的作业……

我的语文老师

殷芳程

昆山是一个现代化的移民城市，爸爸人才交流到昆山工作多年，今年暑假，我们的新房装修完毕，我和妈妈也来到了昆山。昆山，成了我的第二故乡。

开学第一天，我家后院的树枝头传来喜鹊喳喳的叫声，我心想一定是个好兆头，于是怀着激动的心情来到裕元实验学校上学。

当我走到自己的教室门口，一眼就看见了"任课老师介绍栏"里写着：语文教师朱小敏，副校长，苏州市著名教师……我马上心神不宁，心里念叨着："惨了！惨了，这下惨了！"因为暑假来报考裕元实验学校时，我考得并不理想，朱老师不肯收我，是爸爸好说歹说感动了正校长，才勉强收下了我。对我来说，现在就是当时不肯收我的朱老师教我语文，我心里怎么会不忐忑不安呢！当时，一种用情感和语言所表达不出来的畏惧感涌上心头。

第一天语文课上，学习的课文是《厄运打不垮的信念》，朱老师先叫我们自由朗读课文，然后请同学们站起来读，第1自然段读完了，朱老师点名叫我起来读第2自然段，第2自然段是这篇文章中最长的一个自然段。当时，我心慌意乱，心想："我没做错事，干吗第一天给我们上课就喊我读书……"没办法，容不得我多想，硬着头皮也要读下去。我终于读完了。在读的过程中难免有错误，读完后，朱老师说的一句话温暖了我："你读得很好，大胆地读，不要因为错了一个字，就对自己没有信心。"听了这句话，我突然觉得朱老师是那么和蔼，心里也放松了许多。

课后我发现，朱老师批改作业特别认真，我们全班30位同学的每一本作业，朱老师都是当面给我们批的，一边批，一边表扬做得好的同学，或者一边耐心地给有错误的同学讲解正确的做法。朱老师说的话不是很深奥，总是那么容易懂。朱老师，您知道吗？我们都特别喜欢您批作业时的情景，那时的您是最美丽的！

感谢有你

郭思佳

"感恩的心，感谢有你，伴我一生，让我有勇气做我自己……"每当我听到这首歌，去年寒假开学时那令我感动的一幕幕情景就会浮现在我眼前。

快过年了，爸爸妈妈还在菜棚里忙碌，我一个人在家，想在父母回来前把炉火烧旺。谁知换煤的时候，由于自己不小心，废煤引燃了我的裤脚，转眼间，火苗就将我的右腿烧得剧痛。我连哭带喊地跑到院子里，在大爷的帮助下，火扑灭了，我的右腿却被严重烧伤了。

转眼间就要开学了，可我的伤势却依然很严重，根本不能到学校上课。不能到校上课，我的学习怎么办？我想去上学，想同学们和老师，加上伤口的疼痛，我天天哭，妈妈也没办法，只好陪着我落泪。

开学这天，妈妈说去学校帮我办休学手续。我躺在床上焦急地等待着，不知道妈妈会带回来什么消息。快到中午的时候，妈妈回来了，后面跟着一个熟悉的身影。啊！是刘老师！一见到刘老师，我的眼泪就不由自主地流了下来。刘老师关切地问我："现在怎么样？还疼吗？"我摇摇头，哽咽着说："不疼了，老师，我上不了学了！"刘老师的眼里噙着泪水，一边给我擦眼泪一边说："没事，有老师呢，你好好养伤吧！"她又查看了一下我的伤腿，由于没有得到很好的治疗，我的腿上还流着透明的液体。刘老师心疼地说："这还不疼？你原来总爱哭，这回哭得连眼泪都没有了吧？你妈妈说你换药的时候一滴眼泪也没掉，看来郭思佳越来越坚强了。你放心吧，学习的事老师会给你安排的。"刘老师向妈妈询问了我的治疗情况，有些埋怨地说："都伤成这样了，怎么还待在家里？听说积水潭医院治疗烧伤效果不错，赶紧带孩子去看看吧！"妈妈要留老师吃午饭，可刘老师说家里还有事，留下带来的营养品就走了。此后，每隔几天，刘老师就打来电话询问我的伤势。

一天晚上，我正躺在床上看电视，电话铃响了，妈妈说是我的同学，我急忙叫妈妈拿过电话，一听，原来是孙文宇，他说："郭思佳，我听刘老师说你被烧伤了，疼不疼啊？我们几个同学都说好了，星期六去看你，你在家等我们啊！"放下电话，我心里高兴极了，我已经一个多月没见到同学们了，不知道过了一个寒假他们变成什么样了。

星期六终于到了，我躺在床上，急切地等待着同学们的到来。"咣当！"大门响了，同学们像一群欢快的小鸟涌了进来。嗬，全班同学都来了，小小的房间容不下这么多人，有的同学只好站到院子里。薛立像个大姐姐，关切地问我："你的腿现在好点儿没有？这是我妈妈炖的猪蹄，你尝尝吧。我妈说了，吃啥补啥，这样你的腿就能好得快点。"文静的高薇说："学习的事你放心吧，以后张楠我们几个会定期来帮你补课的！"这时调皮的孙文宇挤过来说：

"我给你讲个笑话吧，保准你听了腿就不疼了！"我的小屋里到处洋溢着欢笑，我的腿好像一点也不疼了。

现在，我的腿已经好了，上面留下了很多疤痕。虽然它们很丑陋，但是一想起老师和同学们对我的关爱，我的心里就觉得是那样的温暖与感动。

我们班的三大女生

沈佳洁

冰心曾说过："世上正因为有了女生，才有了十分之五的真，十分之六的善，十分之七的美。"我们班就有三个这样的女生，她们各具风格，是我们班一道独特的风景。

文采出众的她————

她是我们班最漂亮的女生。她有着长长的、乌黑的头发，一双炯炯有神的大眼睛，小鼻子，樱桃小嘴点缀其间，看上去像一朵盛开的牡丹一样。她不仅漂亮，文采也很出众。她最近获得了全国优秀小记者。有一次，老师让大家在课堂上写作。有的同学歪着脑袋，有的同学埋头苦想，还有的同学探头探脑。只有她———，在课桌上拼命地写。没过多久，她已经完成了任务，交给了老师。老师说文章好词好句很多，文采很不错，速度快，字写得又端正。

口才出众的她——婷婷

她是我们班口才最好的。她相貌平平，貌不出众，但五官清秀。她平时就是我们的调味品，我们高兴时，她也跟着我们高兴；我们不烦恼时，她就会说几句好听的话，逗弄我们。她是我们班的中队长，班队课上总有她洪亮的声音，"大家好，我是……"你看，你看，为了参加这次我们学校的"小小主持人"比赛，她可真是算得上是"不分昼夜"地在自唱自练呢！

闯荡江湖的她——晴晴

她是令我们女生敬佩的人。她每走一步都昂首挺胸，连我们班最让女生头痛的"小陈"、"小朱"都被她驯服得服服帖帖的。每当她来到"小朱"、"小陈"前，他们便会知趣地站起来，还会说："大姐，请坐。"如果小晴的鞋带掉了，他们会说："大姐，鞋带掉了，请把您的脚放到我的椅子上系鞋带吧。"这时的小晴会会心地笑笑，感觉到训练有术。每当小晴走后，他们会偷偷地说："霸王花，霸王花。"

这就是我们班的三大女生，你了解了吗?

热心的人

曹君恺

他是我的同学，和我住在同一个小区，他给我留下的最深印象就是热心。

一次，我们俩一起坐公共汽车回家，到家之后，我发现自己忘记带钥匙了。"唉，只好等妈妈下班再进门了。"我自言自语道。他恰好听见了这句话，就毫不犹豫地说："别急，到我家待会儿吧。"我不好意思地问："不会影响你吧？""不会，只管做你想做的事情，别拘束。"他非常爽快。

到了他家，他热情地说："进吧，想做什么就做什么！"于是我放下书包，准备写作业。我问："在哪里写作业呢？""就在我的书桌上写。"他边说边整理书桌。我一看书桌只能容下一个人，如果我在书桌上写，他就只能在矮矮的茶几上写了，那怎么行呢？我正在犹豫，他却抢在我前面说："我是主人，你是客人，主人招待客人，怎么能让客人受苦呢？"说着，就转身来到客厅的茶几上写起作业来。

当我正聚精会神地写作业时，他端着一杯冒着热气的水慢慢地走到我身边，关切地问："渴了吧？"还没等我回答，他就把水递给我说："慢点儿喝，别烫着。"过了一会儿，他又来了，看见我的水还一点儿没喝呢，盯着我，嘴巴鼓鼓的，一脸认真劲儿。"夏天到了，天气炎热，不多喝水会生病的！"看着他，我想起我们老师说话时的样子，甭说，这股认真劲儿还真像！没一会儿，屋外传来一阵阵咳嗽声。我出来一看，他正捂着胸口大声地咳嗽呢。"咦，你为什么不喝水呢？"我问。"嗨，就那些开水了，你是客人，当然应该给你喝了。"接着又是一阵咳嗽声。

写完作业，我抬头看看墙上的表，已经六点了，我往家里拨了个电话，还是没有人接。"妈妈怎么还没回家呀！"我嘀咕着，肚子也咕咕叫了。

他好像看透了我的心思，说："你等着，我这就去买吃的。"我刚要叫住他，只听"砰"的一声，门已经关上了。

我从窗户向外望去，只见他飞快地跑进小区门口的煎饼店，转眼间手里托着两个煎饼又一路小跑着回来了。他递给我一个说："吃吧，这是我们山东的大煎饼，可好吃了。"我咬了一大口，他也咬了一大口，我俩相互看着，都笑了。吃完后，他说："饭后应该活动活动，走，下楼走走。"刚要出门，我妈妈来接我了，一边谢他，一边从塑料袋里拿出酸奶，说："真是谢谢你了，刚才我去超市买菜，顺便给你们买了酸奶，快拿着。"他忙说："阿姨，今天我们的效率可高了，作业全写完了。"妈妈说："真是好孩子，谢谢你啊！""阿姨再见，欢迎你们再来我家，再见……"

看着他微笑着的圆圆的脸，听着他说的一声声"再见"，我从内心喜欢上了这位远近闻名的热心人，他就是我现在的好朋友——高平。

第四部分
想要一对小小的翅膀

小鸟从森林里叼来一粒种子
埋在门前的土里
我给它浇水施肥陪它晒太阳
慢慢地
我和它一起长大
当我变成飞行员叔叔
驾着飞机经过门前
我就能看见一棵大树向我招手

——周俊臣《太阳与云朵》

树的帽子

（组诗）

杨童舒

小花

在悬崖的峭壁上
生长着一朵
小花

小花——
听不到闹市的喧嚣
看不到大街的繁华
有的只是——

大自然赐予的
钟秀灵气

陪伴花儿的只有——
清风日月
山泉雨水
几株小草

月儿

明亮的月儿
把清辉的光
洒向人间

人间——
在朦胧的月光下
恍若仙境

月宫中的嫦娥
请来到这人间
和人们一起
享受人间的生活

搬家

秋天来了
落叶妹妹一家子
不得不搬到
遥远的地方过冬

但
他们不愿离去
因为
这里有他们曾经的
欢乐
微笑
苦恼

明年的春天，他们
还会回来的

树的帽子

春天
戴上一顶嫩绿色的休闲帽
是一个小伙子

夏天
戴上一顶深绿色的遮阳帽
是一个爱美的女孩子

秋天
戴上一顶金黄色的鸭舌帽
是一个勤劳的清洁工

冬天
戴上一顶雪白的棉帽
是一个不怕冷的雪人

秋天的礼物

秋天
秋姐姐送来了礼物

秋风吹过脸庞
一片片枫叶
飘落下来
那是秋姐姐送的信笺

香甜的果实
挂在枝头

那是秋姐姐送给人们的水果

金黄的波浪
在原野中翻滚
那是秋姐姐送给人们的稻谷

秋姐姐还送了很多很多的
礼物
等着人们在大自然中去寻找

春天

春天是一个
爱管闲事的小男孩
他看见人们在寒风中
发抖
就驱走冬的严寒
带来春的温暖

春天是一个
爱打扮的小姑娘
她看见大地没有漂亮的衣裳
就为大地送来五彩的
纱衣

我的书包

我的书包
能装很多东西

早晨，我把
阳光风儿
装进书包

下午
我把
同学的笑声
老师讲授的知识
装进书包

晚上
打开书包
把一天的收获
细细品尝

星星 闪电

夜晚

漆黑的房间里住着
明亮的星星妹妹

妹妹说
虽然身上很亮
但不知为啥
她总是怕，漆黑夜里的
闪电哥哥

因为她怕，闪电哥哥
弄破自己
美丽的衣裳

下雪啦

早晨
我掀开被窝
往窗外一看
哇
到处都是
白皑皑的一片

我想
这一定是
大地姐姐

挥毫作画时
不小心
将白色颜料
洒在了大地上

大地
才有这粉雕玉砌的
冰雪世界

仙女的头发

在梦中
我梦到了——
仙女姐姐

仙女姐姐
那柔软的头发
让小草弟弟羡慕不已

小草弟弟
想拥有仙女姐姐的秀女

小草弟弟问：
仙女姐姐

你那柔软的头发
是谁给的?

仙女姐姐微笑说:
那是地球的朋友
赐给我的礼物

小小的我

（组诗）

王永晨

雪花

小雪花，小雪花

飘飘洒洒往下下

往下下，披一身白袍

开一地琼花

我想摘朵带回家

她却眨眼不见了

雪孩子

雪孩子，白又胖
站在冰天雪地上
天愈冷，风愈狂
愈是精神好模样
但等春风回大地
化作春水护花香

玫瑰

一枝玫瑰开道旁
鲜红娇嫩缕缕香
蜜蜂往来采蜜忙
我想折枝瓶中养
妈妈说：
爱花自当先护花

切莫伸手折花狂

小鸡雏

小鸡雏，学技术
两只小腿学扒土
扒出虫子给妈妈
妈妈夸它好品德
它说妈妈最辛苦

太阳与云朵

（组诗）

周俊臣

小蜻蜓

小蜻蜓是自由的

可以在天上飞

也可以停在荷叶和地面上

我羡慕它们

我也想要一双小小的翅膀

飞上高高的天空

云

我喜欢望云

我想透过云看见地球外的星球

我长大了要当一名科学家

飞到土星木星　金星火星上去

研究里面是否真的住着外星人

树

小鸟从森林里叼来一粒种子

埋在门前的土里

我给它浇水　施肥　陪它晒太阳

慢慢地

我和它一起长大

当我变成飞行员叔叔

驾着飞机经过门前

我就能看见一棵大树向我招手

太阳

太阳呀　你把阳光照在孩子的脸上

红彤彤的

太阳呀　有了你

花儿才能健康地成长

有了你　小河才会唱着歌儿

向前奔跑

太阳呀　虽然有时乌云会遮住你的身体

但你总会钻出云层

将光芒洒向大地

第五部分
每个小生灵都有自己的梦

我和爸爸抱着鹰爬到山坡上，我松开手，鹰张开了宽大的翅膀，一跃飞上了天空。它在空中盘旋，似乎在向我们表达它的感激。最后它越飞越高、越飞越远，只有那响彻云霄的叫声回响在我耳畔……

——刘方琦《一只受伤的鹰，心向天空》

观察日记：蚕宝宝

赵昱华

4月12日　星期六　晴

今天，妈妈给我买了五条蚕宝宝，还有一包桑叶。

一回到家里，我就迫不及待地找出了一个空塑料盒子。我把桑叶仔细地铺在盒子里，再把蚕宝宝放到了桑叶上。

蚕宝宝的颜色有点灰，不是我想象中白白胖胖的模样。蚕宝宝的嘴巴很小，它很爱吃桑叶，它会沿着桑叶的边缘，一小口一小口慢慢慢慢地吃。蚕宝宝身上有一圈一圈的花纹，尾巴上有一根凸出的小刺，腹部毛茸茸的，它还长着许多很小的脚，我数了几遍都没有数清到底有多少只脚。

蚕宝宝的大便小小的、黑黑的，闻起来有一点点臭。可是，妈妈告诉我说："元元，蚕宝宝的大便叫蚕沙，收集后晒干，做成枕头，可以明目醒脑，祛风除湿呢！"哇！真没想到，我以前只知道蚕会吐丝，居然连大便都有这么大的作用。

我喜欢蚕宝宝，我要好好地喂养它们，把它们养得更白更胖。

4月26日　星期六　晴

昨天，我和往常一样去看我的蚕宝宝，可是，我发现蚕宝宝一动也不动了。难道，它们都已经死了吗？我伤心地跑去告诉妈妈。

妈妈看了看，疑惑地说："好像……死了，可是，好像……还活着？这样吧，我们上网查查资料。"资料上说，蚕宝宝的表皮不能随着身体长大，所以当蚕的身体长大受到限制时，就要蜕皮，蚕在蜕皮时不吃也不动，看上去仿佛已经死了，其实，一天之后，蚕宝宝就会"活"过来。蚕宝宝在蜕皮时，最好不要惊动它。

原来如此，这下子我可以放心了！

今天，蚕宝宝果然又"活"了。它们愉快地吃着桑叶，很快就把桑叶咬出了一个个小窟窿。桑叶上有蚕宝宝蜕出来的皮，黄黄的，有点硬，还留着一圈圈花纹。蚕宝宝新长出来的表皮也有点发黄，可能蜕皮有点累，它们都不怎么活动，要多休息啊！

我的蚕宝宝又长大了，我真高兴！

5月10日　星期六　晴

有一天，我发现我的蚕宝宝突然不吃桑叶了，它们四处爬来爬去，有一只蚕宝宝贴着鞋盒的内壁，爬呀爬，掉到外面去了。我想，我的蚕宝宝一定是要吐丝了，我就把很多桑树枝绑在了一起，放到了鞋盒里。

蚕宝宝很快爬到了树枝和鞋盒内壁上，它们的头摆来摆去，开始吐丝了。起初，蚕丝很细很细，慢慢地，用肉眼能够看见了。蚕丝东一条西一条，乱七八糟，渐渐地，吐的丝好像是"S"形的，把原来的丝都黏结在一起，一个椭圆形的茧出现了，蚕宝宝裹在了茧里面。

　　这时候的茧还很薄，还能看见蚕宝宝在里面摇头晃脑地吐丝。蚕宝宝吐的丝越来越多，茧越来越厚，看不见蚕宝宝了。

　　过了几天，茧里的蚕宝宝会变成蛹；再过几天，它们会咬破茧钻出来，它们就变成飞蛾了。

5月24日　星期六　雨

　　这段时间，我一直在等待我的蚕宝宝变成飞蛾，我等啊等，可是它们好像一点也不着急，每天都在茧里睡大觉。

　　今天，我刚起床穿好衣服，就听见妈妈急急忙忙地叫我："元元，飞蛾出来啦！"我赶忙跑过去看，真的呀，有一只茧破了一个小洞，一只灰白色的飞蛾趴在上面一动也不动。"妈妈，它会不会飞走？"我担心地问。"飞蛾的翅膀退化了，而且它还要孵卵，所以它不会飞走。"妈妈说。

　　几个小时后，其他飞蛾也先后钻出来了。我看见两只飞蛾挨得很近，一只的尾部贴着另一只的尾部。原来它们就是这样产卵的呀！很快的，盒子里就零星分布了许多浅黄色的、圆圆的蚕卵。飞蛾们一直在盒子里照顾这些卵，没有飞走，它们真是好爸爸、好妈妈！

　　真希望我的小蚕宝宝们快点孵出来！

期盼主人的小黄狗

尹 隽

打小我生活在外婆家，外婆家的小黄狗就成了我形影不离的好朋友。它个头不大，一身棕黄色的皮毛，油光光的，看上去健康可爱，它的脸部、眼睛和嘴巴是黑色的，就像贴上去的三块"黑补丁"，样子可笑极了。

小黄狗除了在我睡觉的时候，其他时间都紧紧地跟在我身后，当我高兴时，我会抱着它散步，有时还会骑到它身上，它总是对我百依百顺；它有时会成为我的"出气筒"，当它来到我跟前时，我就一脚把它踹开，踹得很远。它毫无怨言，只会"嗷、嗷"叫两声，然后爬到一边，等待我的命令。

小黄狗最让我得意的地方是：它能做很多有趣的动作，当家里来了客人时，我总会让它表演一番。"来，做个揖。"只见它往地上一坐，四脚朝天，然后在地上滚了起来，客人们看完总要大加赞赏，我心里高兴得比吃了蜜还甜。

小黄狗还是看家的好手。每当有陌生人来家时，它总是围着陌生人转，旺旺大叫，只要主人告诉它："别叫了，是熟人。"它才会停下来，否则你别想靠近家门一步。有一次，舅舅回家晚了，忘了带院门钥匙，他推了两下门，小黄狗立即叫了起来，舅舅赶忙说："别叫了，自己人。"小黄狗一听是主人赶紧去扒弄门，可是门锁着，小黄狗弄不开，马上跑到我的屋里，使劲在我床前哼叫，把我从梦中惊醒了，我一听门外有声音，帮舅舅开了门。

由于爸爸单位给我们分了一套房子，所以我不得不从外婆家搬出。就要离开小黄狗了，我很难过。说真的，我当时还哭了两次，但是没办法。以后，每到周末时，我都要妈妈带我回外婆家去看小黄狗。每当小黄狗听到妈妈的摩托车声，它便跑出家门，出来迎接我们，看到我们便急忙摇头摆尾，等我下了车，它围着我转圈，对我又亲又闻，这时，我总是抱抱它，和它说一些想念的话。

后来，外婆也搬进了楼房，院子里空荡荡的，只剩下了小黄狗，外婆每天给它送点吃的，小黄狗也总是在门前，期盼主人的到来，我也不时回去看看它。

每次看它，我都会流泪。我真怀念和小黄狗在一起的日子。

看 猴

费亚辰

暑假的一天，舅舅带我和哥哥去五龙口看猴。

临出发的时候，妈妈告诉我说，那里的猴子被人惯坏了，不怕人，总想抢客人的东西，让我小心点。我半信半疑。

到了景区，刚下车，我就证实了妈妈的话：一只猴子飞快地跑到正准备吃香蕉的游客那里，一把抢了过来，嗖地爬到旁边的树上，自己吃了起来。旁边的猴子有的在地上打滚，有的在打架，有的在晒太阳，各种姿态都有。舅舅让我们先去看猴子表演，我不知道猴子还会表演，我怀着好奇的心情到了猴子表演的地方。

哇，人真多呀，猴子真的会表演？从人缝中，我看到一只猴子正骑着自行车一晃一晃地出来了，绕着舞台骑了一圈，然后突然从自行车跳下来，咣啷一声把自行车扔在一旁，哇，原来一个管理员正拿着篮球站在一边看着猴子，哦，是准备让它投篮球的。因为旁边有一个篮球架。只见猴子用球投了四次进了三个，震的篮球架都一晃一晃的，管理员示意让他再投两个，它就是不投，反而跳起来打了管理员，逗得我们哈哈大笑。

　　下山的时候，我们碰到了一只老猴，它跟着我们走了一会儿，忽然飞快地跑到我们前面停下来，先在我面前转转，我不敢乱动，它摸摸我这儿，又摸摸那儿，还伸进我的口袋，我大气都不敢出，最后它竟然把我衣服都拉开了，可能是发觉我身上没有它想要的东西吧，就丢开我去舅舅的那边了。我终于松了一口气。在舅舅身上也是东摸西看的，连手机都翻出来了，可能它没见过这先进的玩意儿，就把它放回口袋了。最后它找到一个口香糖，把纸一扔，塞进口里吃着走了。猴子还知道口香糖呀，真聪明，就是有点乱扔东西哟。

　　下了山，我和哥哥准备站在台阶上照相，不知怎的，一只猴子突然猛冲过来，飞起一脚把我踢到，我疼得眼泪都快掉下来啦，"我怎么得罪你了，你就踢我？"后来旁边的一位游客说就是这只猴子想抢他手中的矿泉水，没抢到，很生气，正好看到我在旁边照相，可能是看我个头小，好欺负，就把气撒我头上了。看看，竟然有这样的猴子。

　　回来的路上，我想，这些猴子真有趣，跟人一样，但踢我的那只猴子太坏了，下次我再去，就找那只猴子报仇去。

爱听音乐的小乌龟

胡俊智

前年，爸爸出差从外地带回一只小乌龟，我们看了觉得好玩，就把它养在水盆里。已经两年多了，小乌龟不仅长大了，而且越来越活泼，我们全家人都很喜欢它。

小乌龟背上背着一块灰色的甲壳儿，就像小碗么大，上面长有漂亮的花纹。它的眼睛和耳朵特别小，要是不仔细看，还以为它根本没有这两样东西呢。小乌龟的头不算大，可它的嘴巴并不小，一下子就能吞下指头肚儿大小的一片肉。

小乌龟爱吃的东西很多，像肉丝、肉片、水螺丝等。有时候我们也喂它点饭，像烧饼、粉条、青菜等，它也吃得很香甜。它特别爱吃面条，一口一根，一顿能吃下五、六根。小乌龟不是一年到头都吃东西，天暖和的时候吃，天一冷就什么也不吃了。爸爸说那是"冬眠"，乌龟冬眠时就不进食了。

乌龟该冬眠的时候，我们把它从盆里拿出来，它就爬到沙发下面去睡觉，十天半个月不叫它，它也不会出来。乌龟会叫，常常发出"吱吱"的声音。乌龟冬眠时，我们也经常叫它，它很听话，一听到叫声就睁开眼睛向你身边凑。它的耳朵虽然小，可是挺管用的。

　　我家这只小乌龟还爱听音乐，只要我们一打开音响，它就立刻停止游动，把头伸出水面专心地听，直到关了音响它才恢复游动。

　　我们全家都很喜欢小乌龟，就连客人也很喜欢它。因为，它给我们带来了许多乐趣。

宝宝一天一天长大了

单铭

一身雪白雪白的毛，一双俏丽的小眼睛，一条卷着的小尾巴，一对向下耷拉的小耳朵和一张月牙形的小嘴巴，这就是我家活泼可爱的小狗——宝宝。

宝宝刚到我家时，胆子比较小，不敢轻易乱动。稍有大一点的声音时，它就会钻到大衣柜下面去，小眼睛骨碌碌地转着，一动也不动。慢慢地，宝宝的胆子开始大起来。我每天放学回家，它总会摇着小尾巴来迎接我，还不时用舌头舔我的手，显得很高兴。

一天，我把一块肉骨头放在小狗的碗里，宝宝闻到香味，快步来到骨头旁边，先用小鼻子仔细地嗅了嗅，又用嘴小心地咬了一下，觉得没有什么危险，就叼起骨头，趴在我脚边津津有味地啃起来。它先吃骨头一面的肉，一面吃完了，就用爪子轻轻一推，接着吃另一面……肉吃完了，该啃骨头了。啃骨头是宝宝的"拿手好戏"。只见它先用锋利的牙齿把大骨头咬成很多小块，然后"咔吧咔吧"大嚼特嚼，不一会儿就把一块骨头"消灭"了。

宝宝吃完了骨头，用舌头舔了舔爪子，用爪子抓了抓脸，拖着圆溜溜的肚子，慢慢地走到外边，眯缝着眼睛躺下，享受着阳光的沐浴。我悄悄地走过去，用手轻轻地抚摸宝宝那雪白的毛，宝宝感觉到主人在抚摸自己，摇着尾巴轻轻地叫了几声，闭上双眼慢慢进入了梦乡。

记得去年夏天，我带宝宝出去玩。宝宝像一匹脱了缰绳的小野马，在草地上欢快地嬉闹。突然，一只长着金色翅膀的蜻蜓飞了过来，落到不远处的花儿上。宝宝看到了，"蹑手蹑脚"地走过去，凑过小鼻子刚要闻，蜻蜓猛地一飞，宝宝扑了个空。可是宝宝并不灰心，叫着去追蜻蜓。眼看要追上了，可蜻蜓一振翅，又飞走了。宝宝瞪着小眼睛卧在草地上，伸出红舌头，大口大口地喘着粗气。

宝宝一天天长大了，它给我的生活带来了无限欢乐。

我心爱的小乌龟

曹一宁

　　我家养了两只小乌龟，它们非常可爱，下面我来介绍一下它们吧：

　　我家的乌龟，体形大一些的是雄性的，名字叫"将军"；小一些的是雌性的，名叫"丞相"。"将军"的壳上"印"着清晰的花纹，两只大眼睛炯炯有神，头两侧两条火红的花纹让"将军"这个称号名副其实。"丞相"的"背"油绿油绿的，眼睛小小的，真像个小淑女。

　　每当它们想吃饭时，就把头伸出水面，伸得长长的。我把鱼放入水中，"丞相"马上游了过来，此时它也顾不上自己"淑女"的形象了，叼着鱼爬到了一边吃"独食"去了。"将军"一见就急了，跑过去叼住鱼的尾巴和"丞相"玩起了"拔鱼"。过了一会儿，"将军"改变了策略，把头使劲一甩，"丞相"猝不及防，败下阵来，灰溜溜地爬到我身边来要食。"将军"则得意扬扬地吃掉了它的战利品——鱼。

　　吃完饭，我把它们放出来，"将军"开始散步，"丞相"则懒

洋洋地爬到冰箱后面去了。过了一会儿，"将军"感到无聊，也爬到冰箱后面去了。这时我刚打开的电视又没信号了，我见怪不怪地看了看冰箱后面。没错！准是"将军"和"丞相"又把闭路电视天线给碰掉了。没办法，我只好插上天线，把它们放回阳台，它们这才乖乖地去睡觉。

非常喜欢它们

张明悦

因为我和爸爸妈妈都很喜欢鱼，所以我们家养了许多鱼。

我家的鱼分别养在大、中、小三个鱼缸里。大鱼缸里养着五条热带鱼。最大的一条叫"虎皮鸭嘴"，因为它的嘴非常像鸭子的嘴，前面是半圆形的，后面是宽宽的长长的，身上还披着像东北虎一样的黑白条纹，所以人们给它取名叫"虎皮鸭嘴"。平时它像潜水艇一样趴在鱼缸的下面，但是一喂它小鱼吃，它就马上游上来，张开大嘴疯狂地吃起来。就因为它的嘴太大，把我们家养了很长时间的两条"小蓝鲨"和一条"清道夫"都给吃了。

我家的大鱼缸里最能吃的一条叫"地图"，它全身上下是黑白相间的花斑，一双眼睛又大又亮。每次我们喂它小鱼，它都先抢两条叼在嘴里，然后再慢慢地吃下去。有一次，它竟一口气吃了7条小鱼，可见它多能吃。

我家的大鱼缸里还有两条罗汉鱼。一条是公的，一条是母的。它们的背鳍和腹鳍又宽又长，游动的时候就像飘动的薄纱，非常好看。它们的尾鳍是扇形的，一开一合就像孔雀开屏。它们鳞片的底色是蓝色的，身体两侧有花纹，有的像梅花，有的像汉字，有的是不规则图形。罗汉鱼的领土意识很强，谁要进入了它们的领地就会被咬得遍体鳞伤。

大鱼缸里我最喜欢的一条鱼叫"玉面"，长得很漂亮。因为它的脸上有几条比碧玉的颜色还要好看的绿色条纹，因此叫"玉面"。它身上还有五彩斑斓的花纹，非常像一个既美丽又可爱的小公主。"玉面"还非常擅长打斗，它在我家和别的鱼打斗从来没有受过一点伤，家人都叫它"野战军"。

我家的中号鱼缸里也有许多热带鱼，其中八条是娇贵可爱的"血鹦鹉"。它们全身都是红彤彤的，十分艳丽，只有眼睛是黑色的。它们喜欢待在一起，是一支很团结的队伍。

我家的小鱼缸里住的是一群小巧玲珑的小鱼，它们的名字叫"孔雀"。它们长得虽然不像孔雀那么美丽，但是它们身上的颜色像孔雀身上的羽毛一样五彩缤纷。这些小"孔雀"看上去没有"血鹦鹉"团结，但是它们在水中游来游去时同样非常活泼可爱。

我们一家人把这些和我们朝夕相处的鱼儿也当成了家里的成员，我非常喜欢它们。

我爱爷爷的画眉鸟

韩子婴

我的爷爷养了一只可爱的画眉鸟,我非常喜欢它。

书上总说眼睛是灵魂的映射,拥有纯净眼睛的生命一定有一颗纯洁的心灵。画眉眼睛虽然小,但清澈得像汪湖水。当它凝视一处时,目光如炬,炯炯有神。在它眼睛的上围,有一条白色的羽毛,形似柳叶,十分俊美,宛如画上去的一样。也正是由于这条白色羽毛,使它原本就深井一般水汪汪的眼睛更显灵动也平添了几分英气。我想,"画眉"这个名字就是由这里而来的吧!它有一张淡黄色的尖尖的小嘴,唱起歌儿来一张一合,送出高高低低长长短短的音律,时而尖如蝉鸣,时而低如畜吠,风流婉转,变化多端,听后给人一种神清气爽的感觉。小画眉背上的羽毛呈深黄色,层次分明,密密实实,乍看上去就像穿了一件剪裁精致的笔挺的西服。腹部长着绒毛,真像穿着"一件"灰黄色的"衬衫"。搭配起来,优雅而庄重。小巧的爪子不仅拥有鲜艳的米黄色,还可以灵活地抓住树枝等棍状的东西,可谓"才貌双全"。我最喜欢的是它扇形的尾巴,呈深墨绿色,泛着油亮亮的光泽。走起路来,一颤一颤,如同燕尾服后面长长的衣摆，轻舞飞扬。当它唱歌的时候，小尾巴也跟着旋律一翘一翘的，充满乐感，颇有歌唱家的风范呢！说完了画眉鸟的"行头"，咱们再来说说它的"日常生活"。

画眉鸟的主食是青虫和毛毛虫，当然，精肉是它的最爱。但如果这三种都没有，小米也能成为画眉鸟的佳肴。除了是个品味不错的"美食家"，小画眉还是讲卫生的"乖宝宝"，其中洗澡可是它的最爱。即便是在寒冷的冬天，它也坚持每两天洗一次。要是到了盛夏，几乎每天都洗。小画眉洗澡的过程也是十分有趣的。每到该洗澡时，爷爷就会先往盆里倒上一些水，然后把小画眉放出来。这时小画眉就会自己跳进水里，尾巴一扇一扇，好让全身都沾上水，看起来十分享受。片刻过后，小画眉洗浴完毕，便会心满意足地跳上来，用力地抖动全身，直到把身上的水全甩干，才飞进笼里。此时，干干净净的小画眉通常会站在笼子里的秋千上清清爽爽地歌唱一曲，那歌声比平时还动听。

画眉鸟真可爱啊！我一定和爷爷一起照顾好这个可爱的小家伙！

我家的淡水龟

章啸威

我家养了两只小淡水龟，它们一个叫杰瑞，另一个叫汤姆。杰瑞的"铠甲"是橄榄色的，头只有我的指甲盖般大小，四肢能缩能伸，小尾巴一甩一甩的，真是可爱极了。汤姆的龟壳是长方形的，呈草绿色，背上的花纹非常引人注目。

杰瑞先来到我家，你可别看它个头小，胆子可不小。自从它来到我们家，就霸占了阳台，一有"侵略者"入侵，它就会用爪子使劲地挠对方，直到对方退回"国界线"为止。

妈妈说："小乌龟真是太好玩了，但一只显得有些孤单，我们再买一只吧！"

第二天中午，鱼缸里就多了一只方壳小乌龟，它就是汤姆，我心里甭提有多高兴了。

经过一段时间的相处，汤姆的胆子渐渐大了起来，开始和杰瑞争抢起地盘来，而杰瑞好像不敢再像以前那么霸道了，主动把"王位"让给了汤姆，汤姆慢慢变得得意起来，有时还欺负杰瑞。

有一次，汤姆又欺负杰瑞，我生气极了，就把汤姆整个身子翻了过来，想看看它的反应。只见它的头缩在壳里，四脚朝天，半天没有动静，好像知道自己错了。过了一会儿，它就开始不安分地动了起来，好像是希望借助它那伸缩自如的脑袋把身体翻过来，结果它费了半天劲也没能翻过来，直到它的力气用尽了，只好一动不动地躺在那里。看着它那可怜的样子，我忍不住用手把它翻了过来，可谁知它又来劲了，不停地四处乱撞，我不由得大喊道："好小子，你敢耍我。"

小乌龟进食的时候更可爱，它们会把脖子伸得很长，四处找食，找到后，先用鼻子闻一闻，趁你不注意，张开嘴巴，猛地咬一口。由于没有牙齿，它们只能一口一口慢慢地把食物吞进肚子里。吃饱后，两只小乌龟便在客厅里爬来爬去，一副神气十足的样子。

汤姆和杰瑞给我们全家带来了无穷的乐趣。

一只受伤的鹰，心向天空

刘方琦

　　说实话，我对鹰没有什么好感，但那件事却改变了我对它的看法。

　　那次，父亲救了一只受伤的鹰。看到鹰时，它已经奄奄一息。

　　父亲把它安置在墙角，我这才认真观察它。它周身的羽毛显得粗糙，硬朗。尽管虚弱，那双眼睛仍然透出不可一世的神情。我忍不住向前靠近了一步，它立刻发出一声尖锐的叫声，脖子上的羽毛全部立起，瞳孔瞪大，如铜铃一般，冷峻地逼视着我，尖利的爪子遒劲地抓住树干。看到这儿，我停止了前进的脚步。

　　尽管鹰受伤了，但它还是不愿听人摆布。无论父亲喂它什么肉食，它都无动于衷。它受伤的身体显得越来越虚弱。看到它这样，我既怕又心痛。

　　父亲没有办法，便更加关心这只鹰。可能是被父亲的行为感动了吧，慢慢地，它和父亲熟悉了，也开始进食了。它吃食时，先用尖利的爪子按住食物，然后用喙用力撕咬，最后狼吞虎咽地吃起来，还不时发出一种"咕咕"的声音，眼睛还不时警戒地向四周望一望。见它那吃样，躲在远处的我暗自发笑，一只鹰能饿成这样，真不容易。

开始为鹰包扎伤口了。我自告奋勇，拿着急救箱走到鹰的身旁，那只鹰见我过来便后退，警惕地看着我。我先扔给它一块肉，等它吃完后，用手轻轻地摸了摸它的羽毛。见我没有敌意，它妥协了。我拿起绷带小心地包扎起来。包扎完毕，那只鹰发出一声低鸣，似乎在哭诉自己不幸的遭遇，一丝怜悯之情油然而生。慢慢地，我喜欢上了这个冷峻孤傲的家伙。

两个月过去了，鹰完全恢复了，它该走了。我和爸爸抱着鹰爬到山坡上，我松开手，鹰张开了宽大的翅膀，一跃飞上了天空。它在空中盘旋，似乎在向我们表达它的感激。最后它越飞越高、越飞越远，只有那响彻云霄的叫声回响在我耳畔……

依林是只小麻雀

郝苗苗

　　记得那天中午我来到学校，一走进教室，就发现同学们围成一团，不知在看什么？我也挤过去看，只见赵帅的课桌上放着一个纸盒，纸盒里站着一只幼小的麻雀，它睁着惊恐的小眼睛看着每一位同学，让人一见就生怜爱之心。赵帅一见我来了急忙站起来说："班长，这是我从操场捡回来的，一会儿就要上课了，你看怎么办？"说着，把纸盒放到了我的手里。我捧着小纸盒，望着小麻雀，只见它胆小地蜷在纸盒的一角，心想：是呀，怎么办呀？这真是一个难题，留下吧，怕班主任赵老师说，下午第一节就是赵老师的课，不留吧，这么小的麻雀把它扔到外边会死的，它也是一条小小的生命呀，又怎么忍心得了呢？我看了一眼小麻雀，又看看同学们，他们也在焦急地看着我，等着我拿主意。

　　就在这时，上课的铃响了，同学们都回座位坐好了，只剩下我手捧小麻雀孤零零地站在那里，此时此刻，我感觉手里捧的不是小麻雀，而是一枚即将爆炸的炸弹。还没等我回到座位上，赵老师已经站到了讲台上，老师见我没回到座位上坐好，笑着问："郝苗苗，有事吗？"同学们刷地一下把目光全都集中到了我身上，这时，我也不知从哪来的勇气，手捧装有麻雀的纸盒走到赵老师面前说："赵老师，您看，小麻雀！"赵老师望着小麻雀愣了一下，似乎也在想如何处理这只小麻雀。就在老师望着小麻雀打愣的那一刻，我马上把小麻雀放到老师的手掌上，小麻雀害怕地往后缩着身子，同学们说："您看，小麻雀多可爱呀！"我们这句话背后的意思是说："您可不要让我们把它扔了。"赵老师抚摸着小麻雀说："欢迎你成为我们六（1）班的一员，从此以后，我们六（1）班就有44位成员了。"我们听到这话，都欢呼雀跃起来。我高兴得忘乎所以，把纸盒放在讲桌上，抱着老师的胳膊狂跳，老师幽默地把食指放在嘴边嘘了一声说："小点声，别吓着小麻雀！"说着，把小麻雀放回了纸盒里。此时此刻，我感觉赵老师是那样的可亲，那样的可爱。

赵老师望着兴奋的我们，接着说："小麻雀还没有名字呢，我们给它取个好听的名字吧。"我们又一次欢呼起来。一小会儿，就取了一大堆名字，最后，经同学们讨论决定叫它依林，意思是希望它长大后回归树林生活。

依林，我们因你有了一个共同美好的愿望，抬起头，便听到了鸟儿飞动的音响。

我的朋友，你还好吗？

郭梓超

我的朋友——一只黑灰色的小燕子，你在哪里？你过得还好吗？

记得我第一次见到你的时候，你已经奄奄一息，软弱无力地趴在地上。我小心翼翼地捧起你，把你带回我的家。

我用小纸盒给你建了一个舒适的窝。我喂你水，喂你小米。刚开始的时候你一动不动、不吃不喝地站在那里，可能是太累了，也可能是怕我伤害你。

第二天，你开始吃食了。看着你吃东西的样子我高兴极了，你开始抖动翅膀了，这时我才发现你有一只翅膀受伤了。

第三天你的食欲大增，我们需要不停地添食才够你吃的，你的翅膀渐渐好起来，同时抬得更高了，展开得更大了。

到了第五天，你想飞了。你用爪子不停地挠纸盒子，那声音跟下雨似的，沙沙沙地响，两只翅膀也不住地扑腾。你一定向往过去的日子，一定向往在蓝天中自由地飞翔，一定想念自己慈爱的母亲。

到了第六天，我决定把你放飞。

那天早晨，我把你带到楼下的小花园里，在那里，我恋恋不舍地把你送上蓝天。在放飞你的草地上，我放了许许多多小米，如果你找不到食物，可以回到这里来。

朋友，我们分手这么多天了，你过得还好吗？我经常仰望蓝天，希望能够见到你的身影。我祝福你，朋友！

金　鱼

秦紫怡

　　我养了三条小金鱼，它们活蹦乱跳，可爱极了。一条是黑黝黝的，好像掉进了墨水瓶似的；一条是橘色的，好像经常晒太阳似的；一条是花的，好像被七色大染缸染过。它们每一条都有自己的特点。

　　它们整个身体呈椭圆形，脸部像梯形，眼珠子一动不动，可好玩呢！嘴巴一张一合，吃东西时，像个吸尘器，"唉"的一声，鱼食就已经吸到肚子里了。两个腮帮子一鼓一鼓的，在拼命地呼吸新鲜的空气，额头上面还有两个凸起的地方，里面有两个小洞，不知是什么东西，难不成是鼻子?

　　最有趣的是黑金鱼了，它的两只眼睛一只大一只小，一只好像肿了似的，鼓鼓的，另一只却与那只截然不同，平平淡淡的。最娇嫩的是花的，吃也不怎么吃，瘦骨头一个。最普通的是通身发着金光的金鱼了，什么闪光点都没有，就是能吃，可怎么吃也吃不胖。

　　可这三条金鱼都有共同的特点，就是尾巴像扇子一样来回摆动，像条美人鱼。黑的想让自己变瘦，有苗条的身材；金色的想让自己变胖，有强壮的身体；花的想让自己更美些，经常摆动自己的尾巴。

　　哎！人有思维，动物也有呀，我真不该不理解它们呀！

巴西彩龟

冯允之

上星期，爸爸从花鸟市场给我买了一只巴西彩龟。只见这只龟的个头小小的，尖尖的小脑袋高高昂起，两只鼓起的小眼睛像黑色的小灯泡。它的身体慢悠悠地转来转去，好奇地望着这个陌生的世界。小龟的背硬邦邦的，像一座绿油油的小山，微微凸起，上面规则地排列着一个个四边形，摸上去高低不平。我一下子就喜欢上了这个小家伙，把它放在手心，爱不释手。

小龟住到我家的第一天，我就精心给它打造了一个小天地。我把细沙倒进爸爸买回的鱼缸里，筑成一个小坡，再把三颗晶莹剔透的鹅卵石放到小坡上。我把小龟放进去，只见它站在我给它做的"人工沙滩"上一动不动，过了好久才晃了晃小脑袋，好奇地打量着这个新家。我忍不住用手指点了点它的小眼睛，小龟迅速把爪子和脑袋缩进壳里，这下好了，沙滩上只剩下一个绿色的壳，小龟不见啦！

每天放学回家，我都迫不及待地放下书包给小龟喂食。小龟渐渐地适应了它的新家，心情好的时候它会在水里缓缓划动四肢，做一次健身运动。吃饱了晚饭，它会懒洋洋地躺在沙滩上，尽情地享受着。我在一旁看着，情不自禁地笑起来。

这天，我像往常一样兴致勃勃地准备给小龟喂食，却看见小龟无精打采地趴在沙滩上，紧紧地闭着眼睛，小爪子也软软地耷拉着。"小龟生病啦！"我喊了起来。爸爸闻声而来，仔细地观察了小龟一会儿，然后说："小龟没生病，它爱干净，要洗澡了。"于是爸爸拿起小龟，把它轻轻地放在手心，然后把它放到水龙头下一遍遍清洗。小龟像懂事的乖孩子一样，一动不动。最后，爸爸又把鱼缸里的水倒了，换上干净的水。重新回到焕然一新的小窝，小龟一下子来了精神，在沙滩上慢慢地踱来踱去，好悠闲啊！

我很喜欢这只可爱的小乌龟，它给我的生活带来了无穷的欢乐。

送我一只小白兔

阮瑞云

　　我过10岁生日的时候，舅舅送给我一只小白兔。它长着一对红红的大眼睛，可爱的三瓣嘴，还有那像粘在屁股上似的小尾巴，样子十分小巧可爱，活像月亮上嫦娥身边的玉兔。因此，我给它取名为"小玉"。

　　小玉刚来我家时，显得有些恐惧不安。后来，在喂食时我慢慢接近它，轻轻地抚摸它那雪白如玉的毛。渐渐地，它的恐惧感消失了，并和我欢快地玩起来。

　　一天，我带着小玉到草地上玩。小玉跑得很快，不过，只玩了一会儿，它又回到我身边。我突然想起"龟兔赛跑"的故事，于是，便向哥哥借来他养的小乌龟，让它俩赛跑。可是，哥哥的小乌龟养尊处优惯了，始终不动，小玉早到了终点，小乌龟却依然将头爪缩在龟壳里。这次赛跑，竟是这样的结果，真是让我没想到！

　　晚上，我为了奖励小玉，喂了它很多吃的。谁料，第二天一早，小玉拉肚子了。这下，可把我急坏了。妈妈说，舅舅家养了那么多兔子，给兔子看病，舅舅很在行，不如带着小玉上舅舅家，让舅舅看看。

　　我和妈妈带着小玉来到舅舅家，舅舅见了，笑着说："这是消化不良，打一针就成。"打完了针，舅舅又给了我几片药，让我碾碎后用嫩草包着喂给小玉吃。舅舅见我这么喜欢小玉，在我们临走时，又送了我一只小白兔，说是配个对儿。

　　可能是为了感谢我，这对兔宝宝在我生日那天生下了一窝小白兔，我可真高兴啊！我想，用不了几年，我们家一定会成为白兔王国。

第六部分
假如我是一阵风

　　不知什么时候，雨渐渐变小了，像丝绸一般，又轻又细。听不见淅淅沥沥的声音，只觉得雨好像湿漉漉的雾那样没有形状，悄无声息地、轻柔地滋润着大地和人们的心田。

　　　　　　——陈明瑞《雨说来就来了》

绿色的小路

邓泓清

听母亲说过，远离家乡的人，都有"乡魂"在身的。是的，自从到雷州读书后，对家乡的一切，我都有着深深的眷恋。那院子里挂满串串珍珠的葡萄架，屋后小鸟唱歌的竹林，还有浸透农民伯伯汗水的菜畦……不过最难忘的，还是庭院后面那条绿色的小路。

那里，有我幼年学步的足迹，有我童年的幻想和一段铭心刻骨的记忆。

在我孩提时，母亲经常把我放在小路上，这条绿色的小路就成了我童年时最亲密的伙伴，它向我展示出了红的花、绿的草、飞舞的蝶、跳跃的鸟……就在这条小路上，在母亲期待的微笑里，我摇摇晃晃地迈出了人生的第一步。

沿着小路，穿过青青的竹林和茂密的小草，那里有一片碧绿的池塘。每到夏日，青蛙"呱呱"，蟋蟀"叽叽"，蝉儿"吱吱"，鸟儿"喳喳"，合奏着奇妙的大自然交响曲。蜻蜓在水面上轻盈地飞舞，鱼儿在水底追逐嬉戏。偶尔一只翠鸟停在小草上，给这童话般的世界增添了神秘的色彩。我常独自来到这美丽的池塘，悠悠地坐在船上，漂向绿色的小草深处，心里不知有多惬意。

我沿着池塘，向小路深处走去。小路，在晨雾中向前延伸，薄薄的雾在霞光里像一缕缕轻纱，飘浮在灿灿的稻浪上，稻粒儿和露珠一起泛着晶莹的光。路旁成熟了的毛豆荚一簇簇挤在掉了叶的豆秸上，毛茸茸，鼓胀胀，包裹着农家的喜悦。

我正在沉思，前面传来小弟弟稚气的歌声。他放牛已毕，顺着小路走来了。啊！轻的雾，红的霞，金的稻，绿的草，牧童，歌声，一个多么美丽而神奇的童话！

是的，我童年的梦已在弟弟的梦中出现，小路将我和弟弟的梦紧紧联系在一起。我们的梦都以绿色为基调，而弟弟的梦境，将比我的梦境更加美好，更加安宁，更加丰富多彩。

……

恍恍惚惚，故乡的小路成了奇妙的五线谱，我的心成了一个跳动的音符。

我的乐园

陈嘉阔

　　我的乐园就是我的小屋。我的小屋陈设简单，一床一桌一书架。我的最爱是在窗口，每每倚在窗口，手执望远镜巡视一番，我就乐在其中。

　　我近视，可是爸爸妈妈怕给我配了眼镜就摘不下来了，所以我一向与"眺望"一词无缘。自从爸爸给我带回一个装有两个圆筒的怪家伙——望远镜，我便拥有了一双明亮的眼睛。于是，每当写完作业，我便在小屋的窗口利用它来"看世界"。举起它，呵，数十米开外的东西我都看得清清楚楚。

　　记得那是我九岁那年，我站在我的小屋窗前，用望远镜看见了一位年过花甲的老奶奶提着一袋重重的东西在吃力地走着，我连忙跑下楼，帮助老奶奶提东西，老奶奶不住地夸我，那一刻仿佛就在眼前。

　　我还在小屋窗口过了一次漫画瘾。那是我十岁那年，我用望远镜从楼上看到了坐在楼下面的二虎在看漫画书，我好羡慕。平时妈妈都不肯给我买漫画，说这是与学习无关的东西。我连忙聚焦二虎手中的漫画书，这下我借用望远镜看到了二虎手中的漫画，内容真是有趣。我看得正起劲儿的时候，二虎把书合上了。也许是我太投入了，竟大喊一声："别合，我还没看完呢！"不好，露馅了！我这才反应过来，连忙收起望远镜。那一刻似乎就发生在昨天。

趴在小屋的窗台上，我通过这副望远镜看到了春天院中小草的萌发，夏天花园中招蜂引蝶的鲜花，秋天纷纷飘落的金叶，还有冬天邻居家小孩打雪仗的场景。我从小屋的窗口看到了五彩缤纷的世界，我虽然足不出户，但也乐趣无穷。

我爱我的乐园，我的小屋！

假如我是一阵微风

侯东梅

假如我是一阵微风。

春天，我飞到公园含苞欲放的花丛里，用我透明的纱裙抚摸着花儿，并告诉它们春天来了。我飞到街道旁的小树身上，和它们说上几句知心话，并告诉它们春姑娘来了。我飞到一望无际的草原，"呼啦啦！……呼啦啦！……"我给草弟弟唱着歌，告诉它们春天的生命将回到它们体内。我飞到一眼望不到边的大森林，看到茫茫的大森林里，小鸟在尽情地唱着大自然的歌……

转眼间，炎热的夏日里淘气的男孩儿"夏夏"成了这个季节的主宰。我是一阵微风，是一阵年轻的风，我就像大姐姐似的，领着"夏夏"飞到公园的花丛里，我还用我的纱裙抚摸花儿，并告诉它们活泼可爱的"夏夏"会陪它们玩儿！我飞到大街两旁已经枝叶繁茂的小树上，它们向我点头表示欢迎。我用我的手轻轻抚摸着小树，告诉它们"夏夏"会让太阳公公把温暖的阳光洒满大地！我飞到草原上，用我仅有的一点力量在草原上掀起一阵阵微风，并传递着夏天的好消息！我飞到大森林里，和"夏夏"在一棵大树上熟睡了……

秋天来了！秋姐姐飞来了！我就像小妹妹一样乖乖地跟着秋姐姐飞到花丛里，帮花儿换上外衣。飞得高高的是秋姐姐，飞在半空中的是我。我脱下旧外衣，秋姐姐从上面扔下新外套。就这样，我们不知飞了多久，玩儿了多久。

仅仅一个多月，我们就告别了秋姐姐，迎来了严寒老爷爷。

我刚刚拿下花儿身上的黄外衣，严寒老爷爷就为它们盖上了一层厚厚的毯子。我来到路旁的小树上，刚给小树理完发，严寒老爷爷就为它们戴上了雪白的帽子。我飞到草原，刚为小草做完整理，严寒老爷爷就到了。严寒老爷爷对小草弟弟加倍关爱，把白棉被盖了一层又一层。我飞到森林，严寒老爷爷把身上的雪花撒在森林中……

怎么样？你想做一阵微风吗？

校园里的路

刘葛鑫

　　上6年级了，每天早上都要沿着校园里的那一条路，走到教室。今天我走在这条路上，觉得这条路有太多值得回忆的地方，我对它有了一丝留恋之情。

　　从南大门进校园，我一眼就看到了那个大大的操场。我们从一年级到六年级的快乐时光几乎都在操场上度过。一下课，男生们有时会在那里打篮球，女生们有时也会在操场上追打嬉戏。晴天，操场上一片欢腾，同学们会在那里尽情挥洒着他们的汗水；雨天，操场上更是会出现手拿着雨伞，用雨伞的顶尖在水中画上一个又一个圆圈的伙伴。运动会时，一个个运动员在操场上驰骋，当胜利时，操场也会为我们高兴，并告诉我们不要骄傲；当失败时，操场仿佛又变成了一个倾听者，任我们对它诉说不幸，并告诉我们不要气馁。操场是大家都有许多美好回忆的地方。

　　路过镜亭，我曾经最爱在里面玩耍。我们喜欢在那颗枫树下的石头上玩儿童年时代的"过家家"，把野果、树叶，和许多漂亮的花瓣，都放进里面，做成"饭"，那块大石头是我最忠实的朋友。

镜亭里的亭子中，男生女生都爱去那儿聊天，那是让我们感到家的感觉的地方。亭子后有一片小树林，小树林里有许多花草，而且也黑黑的，给人一种宁静幽远的感觉，我的许多童话幻想都是在那儿诞生的。镜亭里有我们太多的欢声笑语。

前方是医务室，我曾经在那儿摔过很严重的一跤。当时，是两个高年级的大姐姐把我扶起来，送到医务室，并笑着安慰我说没事，叫我坚强一点。是他们，让我感觉到一股暖流涌入心头。世上还是好人多啊！这一跤，让我学会，一切从摔跤开始，摔跤也是一种历练！

身旁是一排四季常青的樟树，在二年级时，我和崽崽最喜欢做叶贴画，樟树叶似乎知道我们喜欢做叶贴画，把自己身上的树叶撒落了一地，每当那时，我和崽崽总会蹦跳着捡一把樟树叶。那散发着独特香气的樟树叶，给我和崽崽的叶贴画增添了一份让人心旷神怡的气味。我很感谢这些樟树为我们带来的快乐时光！

教室楼下是一片三叶草地，我和崽崽爱在那里找四叶草。你总会发现两个小女孩在那些三叶草中间睁大眼睛寻找四叶草。三叶草丛似乎有一种魔力，总是吸引着我们，让我们一次又一次地在那儿寻找我们的梦想——四叶草。

我爱这校园里的路，它留给我这么多美好的回忆！

梅林公园

西瓜瓶

　　站在门口，首先进入眼帘的是一块用五彩缤纷的花儿团团包围住的石头。石头上刻着神气十足的四个大字，"梅林公园"。像是威武的警卫，以身作则地看守着大门！

　　荔枝树更像美丽的仙女衬托着梅林公园的面貌。一棵棵荔枝树弯弯曲曲的，似乎是一条蜿蜒盘旋的长城，似乎是曲折的小路，似乎是海上的浪花，似乎是连绵不断的、弯弯曲曲的山路，更像是仙女的丝巾飘来飘去，真是妙不可言。荔枝树多得让我眼花缭乱，好像它是这儿的统治者。

　　看到没有？那里有一面"镜子"。这面"镜子"很大，能容下数千条金鱼！假如你到这面"镜子"照一下你的五官，他绝对能把你的五官一丝不苟地画得明明白白，清清楚楚。所谓的镜子不容置疑，当然是水平如镜的小湖啦！说它小，其实它也不算小，最起码有一个大客厅那么大了！这里的湖虽然不算是甲天下，但也算是梅林一村的一大美湖！你们可别不相信哟！这湖远看像碧玉色的大镜子，近看也能与西湖一争高下！虽说西湖静得像一面大镜子，但这里的小湖静得都看不到一点波纹的痕迹；虽说西湖绿得像碧玉，但这里的小湖让你分辨不出哪是倒映在水中的大树，哪是小湖！

在离小湖不远的一个地方，有一个叫"鱼儿的家"的一个大池塘。到处都能看到黑不溜秋的小蝌蚪，还有在石洞下休息的大青蛙和小乌龟，但是想要抓到它们可不是像"大力士耍灯草——轻而易举"的事情了！"鱼儿的家"旁，有不分昼夜、轮流值班、细心看守的警卫叔叔看着鱼塘，小鱼儿们可就能放心地跳着水中芭蕾！有的金鱼整天无所事事，还有的金鱼靠着边走，还有的金鱼胆小如鼠地躲在石洞里不敢露面……

有一个奇妙的小池塘，里面并没有任何鱼、蝌蚪等等的水中动物，只有一座雕塑。那叫龙龟，龙头庄严，龟壳甲颜色深浅刚好恰当，雕出来也是啊！真不知道，是不是有仙女下凡间绘画了一幅绝妙之画。

在梅林公园里，我最得意的是不管风吹雨打也会怒放，有着迷人的笑容，清晨跟着太阳公公一起起床，花瓣上有着晶莹的露珠，紫红色深浅搭配得恰到好处，有着害羞的神情，从来不骄傲的精神……除了紫荆花还有谁能有这么多的特点呢？

梅林公园有可能没有我描写得那么漂亮，但我欢迎你们来梅林公园玩，而且我能保证你能玩得很高兴。疑惑、伤心、生气地走进去，都能笑嘻嘻地走出大门！！

窗外阳光

郑　可

　　一个午后，我惬意地靠在窗前，阅读一本文学杂志，阳光洒落脚边，温暖着我。

　　我仍在书海里遨游着，但天却阴了下去。远出传来的一阵响雷，唤醒了我。凉风袭来，接着，便是雨，夹杂着断断续续的轰鸣声和电光，我心烦意乱。"唉，又是雨，坏了我的好心情。"望着天，我无奈地摇了摇头。雨渐渐大了，敲打着玻璃，咚咚作响，风晃动着窗户，天也渐渐暗了。

　　雨仍没有一丝倦意，毫无减退之势，一个美好的午后就将要在这暗无天日的雨中消度了。总算熬到雨停，"嗒嗒嗒"雨珠不断地滴落在屋檐上，发出清脆的撞击声，"终于停了，总算又能呼吸到清新的空气了"。但这之后，又一场恼人的雨不期而至，它下了一夜，那连绵的雨让人讨厌，怀着一丝疲惫，我进入了梦乡。

　　醒来，天已露白了，鸟儿的歌声报料了人间的黎明，打开门，一丝清风伴着阳光送入我的怀中。早晨，好清爽，枝头满是露水，又是充满生机的一天，这个美妙的早晨带给我的好心情一定会持续一整天！

望着这美好的画面，我的脑海突然浮现出一句谚语：久晴必雨，久雨必晴。的确，如果都是晴天，庄稼便会由于干旱而枯萎；而一直是雨天，那便会造成洪涝灾害，冲毁房屋，它们都需要互相调节，才能使大自然有适宜的气候啊！

人们都说物极必反，乐极生悲，也是如此，就比如做体育类的运动吧。对身心健康是肯定有好处的，能增强人的体质，防止疾病的侵入发生。但是，如果你事先不考虑一下你本身的体质，运动过量了的话，那反而会"适得其反"，对身体造成不必要的伤害。你买了一只气球，吹得很大了，但你想再把它吹得更大一些，吹到最后的结果就是由于气球过大，承受不了气压而爆掉了。

学习能让人变得聪明，所以家长们都拼命地给自己的孩子"充电"，但也有部分的学生因为实在无法顶住过重的负担和压力，只能结束了自己宝贵的生命。这多不值得啊！还有，有的人身体一不舒服就吃一大堆的补品，但你们知不知道，如果补得过多，使身体不适应，不但没有好处，反而会引起一些不良反应。我也不能只盼望晴天，雨天也有它自己的好处啊！况且昨天的雨换来今天的天晴呀！

我豁然开朗，心情也好了许多，我不再对雨天抱怨，而是乐观地看待它，将它当成音乐会去倾听。逐渐地，我也喜欢上了雨天。

又是一个午后，我坐在窗前，阳光洒落脚边，我又静静地开始享受惬意的午后，我的心里也同它一样，充满阳光……

乡村小景

黄 捷

坑坑洼洼的小路在延伸，我们疲惫不堪地走完了这通往农舍的羊肠小道。终于，一片乡村的广袤稻田出现在我的眼前。

稻田里，绿油油的稻子长势喜人，一个个青翠欲滴。聪明的稻子一见到客人，时而点头，时而鞠躬，时而又随着微风轻轻舞动，如此的"迎客舞"令我为之陶醉。突然，"哗"的一声把我从遐想中拉了出来，我向声音的来源一看，顿时恍然大悟。原来，一个简陋的稻草人正在为稻子们驱赶馋嘴的鸟儿呢！说它简陋，一点也不为过，它没有松软的稻草身体，只有两根竹竿；没有华丽的外衣，只有几个破旧不堪的红色塑料袋。在一片翡翠绿中央，它显得格外耀眼。

稻田边，一片不知名的小苗静静地立着，绿油油的一大片。咦！那儿怎么有面大镜子？定睛一看，哦！原来是一个碧波荡漾的小池塘。小池塘有几位荷花朋友。有的羞涩地紧闭着自己或粉嫩、或洁白的瓣儿，有的毫不吝啬地开放了。最迷人的是一株株含苞欲放的"淑女"，亭亭玉立。荷花身边，忠实的护卫——荷叶矮矮地铺了好远，几点调皮的水珠在荷叶中央滚动着它们银白的身躯。几条可爱的小鱼在水中轻盈地游动。池塘边的大草地上，点缀着星罗棋布的野花，绚丽又不失淡雅。一片三角形的空地已被荸荠"占据"，井然有序地罗列在"殖民地"上。

一栋两层的小楼边，一堆稻谷挺着它的大肚子懒洋洋地晒太阳，黄黄的头发披着午后倾洒下来的阳光，金光闪闪。一片矮矮的小山坡静静地挡在稻谷身后，绿树成荫，是乘凉的好去处。绿茸茸充满生机的小苗不知何时铺满一地，让你心中燃起希望之光。千万不要小看那层薄薄的土，一只鸡轻轻地用脚爪子一扒，嘀！那么多的蚯蚓，这可是它们最好的午餐。但是，如果有人走过去，平日气若闲定的它立即会像一支离了弦的箭，飞奔到"安全地带"——小树林。

从小山顶放眼望去，绿色充斥了眼帘。看，一望无际的绿地毯将大地包裹起来，一面镜子在阳光下闪闪发光，天山的白云随风漂流变化无常。"午休"的牛在悠闲自在地吃着草、甩着尾巴，俨然一位富态的大老爷。牛背上有几只白鹭，不时拍拍翅膀、换换地方、悠闲自得。

满眼充斥的绿、零零星星的棕、点点洒洒的白、大片大片的银，使小山村充满了诗情画意。

我爱小山村！爱它那涌动的稻田，爱它那如明镜的小池塘，更爱它独特、淳朴、充满诗意的美！

早　晨

赵时轮

一年之计在于春，一天之计在于晨。

早晨，是新的开始。新的生活，在早晨开始；新的向往，在早晨萌动；新的征程，在早晨起航。无论日月轮回、春夏秋冬，早晨都是最美好的时刻。

春天的早晨，万物复苏。三声鸡鸣后，太阳公公露出了小半个圆脸，慢慢地变成了大半个圆，渐渐地又变成了一个大圆球，越来越亮，越来越圆，升到高高的天空中，像一颗硕大的珍珠，放出万丈光芒，照得东方红彤彤的。此时，小草钻出来了，绿遍了大地，给世界带来勃勃生机。林中的小鸟也欢快地唱了起来。农民伯伯走向田野，把希望的种子撒向田里，这是播种希望、孕育生命的开始……

夏天的早晨，知了不停地叫着。突然，一阵风吹来，一朵乌云遮住了太阳，下雨了，雨时大时小，下了一整天。雨停后，碧空如洗，空气清新了，植物吸收了充足的水分，有了精神。农田里的小苗可高兴了，一下子蹿得老高，绿油油的，好像在说："看，我长得多快！"农民伯伯笑了，这是憧憬未来、满怀信心的开始……

秋天的早晨，薄雾笼罩着大地，雾茫茫的一片。来到户外，就像置身在仙境，如诗、如画、如梦、如幻。过了一会儿，微微的凉风吹来，晨雾散去，五谷的芳香从远处飘来，农民伯伯高兴地开着现代化的机器，驶向金色的田野。欢歌笑语从田野中传来，这是收获欢乐、享受丰收的开始……

冬天的早晨，银装素裹，宁静美丽。天上飘着鹅毛大雪，大地铺上了白色的地毯。我好奇地跑到屋外，看见邻居张爷爷仰望飘飞的雪花在自言自语："瑞雪兆丰年！明年又是一个好光景啊！"说完慢悠悠地练起了太极拳。看着张爷爷的样子，刹那间我知道了，这是珍藏幸福、等待喜悦的开始……

啊！早晨，你是岁月之精华！我爱这充满希望，给人信心、快乐和幸福的早晨！

我爱金秋

王思羽

　　有人喜欢百花争艳的春天，有人喜欢绿树成荫的夏天，有人喜欢银装素裹的冬天，而我却喜爱硕果累累的——秋天。

　　秋天来了，天气渐渐变凉了，人们都穿上了厚厚的毛衣。一阵秋风吹来，鲜红的元宝枫在空中翩翩起舞，它们有的像一只只蝴蝶在空中嬉戏，有的像一张张彩色的纸片从天空中飘落下来。枫树叶子的形状是手掌状的，微风一吹好像一个个小手掌在朝我挥着手。金灿灿的银杏叶就像一把把金色的小扇子在银杏树上扇来扇去，发出"噼里啪啦"的响声，就像在鼓掌欢迎秋天的到来。深秋时节，大批的树叶都落了，地上像铺了一层厚厚的地毯，由于树上的叶子落下来后失去了水分，所以踩上去会发出"咯吱咯吱"的响声。

　　秋天，一些鲜艳的花儿枯萎了，凋谢了，但菊花却迎着金灿灿的阳光怒放。只见它们有的金黄，有的雪白，有的紫红，有的深蓝，五彩缤纷的菊花在微风中亭亭玉立，婀娜多姿。

　　我喜爱秋天的美景，更喜欢秋天丰收的硕果。我走进秋天的玉米地，只见一株株金黄色的玉米咧开小嘴，好像在快乐地欢笑着，又好像一个个卫兵正在站岗放哨呢！我又走进高粱地，只见一棵棵高粱涨红了笑脸，好像刚喝了几杯酒一样。

秋天最美丽的景色要数稻田了。从远处看，金灿灿的稻田好像一片金色的大海。一阵秋风吹来，田里的稻子泛起一层层波浪，还发出"唰唰"的响声，它们好像在歌唱金秋，赞美秋色。

校园里的白杨树，默默地站立在学校墙边，一阵秋风吹过，金黄的树叶三三两两飘落得到处都是。这时一只鸽子从远处飞来，衔起飘落的树叶，又向远方飞去。远处黄叶落尽的白杨，它的身躯依然是那么的英俊挺拔，就像是我们英勇的解放军战士……

我走进了果园。果园里，农民伯伯正忙着摘果子。一个个涨红了脸的苹果藏在树叶中，金黄的鸭梨挺着圆滚滚的小肚子，红里透黄的石榴咧开了它那满是果实的小嘴儿，挂在枝头的柿子好像一盏盏小灯笼，压弯了枝头的金橘在枝头上摇摆着自己的身姿。你看金橘树旁边不是还有一片树林吗？那是一片枣树林，棵棵树枝上挂着一个个小枣，有深红的，有嫩绿的，有半红半绿的，还有绿中带些红色斑点的。看着那水灵灵、亮晶晶的小枣，我真想摘一颗尝尝！这些水果满载着果农的喜悦被装进了一个个筐里，再运到城市里，为小朋友们带去了一份甜蜜的快乐。

我爱秋天！我把对金秋的爱埋在心底，等待来年更大的丰收。

春色赋

陆一峰

近了，近了！我听到了春天轻盈的脚步声。燕子在呢喃，大雁掠过蓝天，潺潺流水捎来了春天的信息。不知从哪里溜来一抹新绿，接着，就像早约好了似的，树上绽开新芽，地上绿满山坡，到处是诱人的绿。春天真的来了！

南国春色，春意盎然，展现出一幅姹紫嫣红的灵秀画卷。

春雷一声，春雨悄无声息地飘临大地，雨丝如烟似粉。竹林里新拔节的翠竹，田野里芬芳馥郁的青苗，池塘边黄眉绿眼的垂柳，刚吐蕾的粉红色桃花、白色梨花，微微摇曳于雨雾中。"好雨知时节，当春乃发生"，一切植物都贪婪地吮吸着这大自然所赐的甘露琼浆。别看这春雨那么纤细，正是她粉碎了冰层的顽抗，瓦解了积雪的防线，把冰层积雪化作袅袅飘升的冰雾，化作了淙淙的小溪……

经过雨水的滋润，各种花次第结苞吐蕾，将大地装饰成一个花的海洋、花的天地。放眼望去，平畴绿野，万紫千红，香气袭人。不见此景，是不易懂得"春深似海"这四个字的妙处的。

"吹面不寒杨柳风"，风儿轻轻地吹拂着柳枝，也轻柔地抚摸着我们。随风送来新翻的泥土气息，还混着嫩嫩的青草味儿，畅吸一口春天的新鲜空气，好惬意！这温馨的春风恰似春天的绣花针，一针针，一线线，绣出了一片片的清新和翠绿，还带点透明的金黄。快绣吧，春风！绣出嫩生生、绿莹莹的新蕾新葩，绣出草木吐绿，山水含香。

　　春风也绣出了绿绒似的小草。这儿一丛，那儿一簇，绿带点青，青含点嫩，嫩夹点黄。这可爱的小草啊，真像一个个顽皮稚拙的小孩，挨挨挤挤地探出一个个小脑瓜。这时，我才品味到"缓寻芳草得迟归"这又一咏春佳句的妙处。

　　春风送来了花草清香，引得蝶舞蜂喧，它们围着鹅黄嫩碧的菜园、桃红柳绿的树木飞个不停，来往穿梭，嗡嗡直响，好一派阳春三月的景色。

　　和煦的阳光下，春天的田野上，为人们展示出一幅五彩斑斓的"春景图"：柳树婆娑，迎春花开，鸟声婉转，芳草连天，野花烂漫……

　　温暖的春天也给人们注入了新的活力。看，山坡上一群天真烂漫的学生，大概正过队日吧！他们有的在草地上捉蜻蜓、翻跟头，有的在聚精会神地看书，还有的在植树。蓝天白云下，队旗招展，一派生机勃勃的景象。

　　春天在哪里，哪里就呈现出生机。祖国的春天无限美好，"一年之计在于春"，让我们珍惜这大好春光，茁壮成长。

　　美好的春天，我希望你永驻人间。

游山吧

张海洋

  早就听说怀柔有个好玩的地方——山吧，一直想去看看，今天机会终于来了，我们全家驱车前往。大家可能对"山吧"这个词还不太熟悉吧，山吧其实就是建在山中的一处风景优美、供人赏景、吃饭和住宿的地方，因为它是建在半山腰上的，所以叫作"山吧"。车刚一拐进通往山吧的石板路，我的眼前就豁然开朗了。山上长满了茂密的小树，道路两侧笔直的白杨树快速地向后移动着。渐渐地我听到了潺潺的流水声，远远地望去，只见山上挂着一条白白的带子，像洁白的哈达要献给我们这些远道而来的人们。微风把车外新鲜的空气以及一些不知名的野花的清香带了进来，我尽情地吮吸着大自然赐予我们的芬芳，不禁陶醉了。

  不知不觉山吧到了，刚一走进山吧小院，我就被一股浓郁的乡村气息所包围。推开院子的木栅栏门，几只小鸡"喳喳"地叫着向我们跑来。这里的房子都是木头盖的，成串的金黄色玉米和红红的辣椒挂在屋檐下。山吧左侧是一大片空地，空场四周悬挂着许多秋千和吊床。我躺进了一个吊床中，摇荡起来，渐渐地，我感觉自已好像变成了一只自由的小鸟，在蔚蓝的天空中任意翱翔。几下温柔的抓挠把我从梦里叫醒了，原来是一只可爱的小狗，它仿佛知道我饿了，小爪子扒着吊床，两只眼睛望着我，伸出湿湿的舌头舔着我的胳膊。我摸摸肚子，感觉真的有点饿了，我跳下吊床向饭桌跑去。

怀柔盛产虹鳟鱼，到了这儿，当然要大饱口福了，我自告奋勇要亲自去抓鱼。我来到鱼池边，服务员递给我一根铁绰子，这根绰子足有十多斤重。我拖着笨重的绰子费力地在水里晃来晃去，还没等手中的绰子靠近鱼，机灵的小鱼早就游得无影无踪了，半天一条也没捞上来。正在我有些泄气的时候，发现离我不远处有一个小绰子，于是赶快把手中的"武器"换掉了。我悄悄地站在了池边，小心地将绰子浸入水中，始终不发出声音，只等小鱼儿上钩了。果然一条小鱼悠闲地向我这边游来，还不时地跃出水面张望，它身上的水珠在阳光的照射下好像一颗颗晶莹剔透的玻璃珠滚来滚去，我顺势一提绰子，这条鱼儿就乖乖地成了我的"俘虏"。不消一刻，它就成了我们的盘中餐，品尝着自己的劳动成果，我心里美滋滋的。

太阳渐渐躲起来了，只留下余晖撒向大地，我再回头望着那山、那水，看着这屋、这鱼，不禁默念着：山不在高，有仙则名，水不在深，有龙则灵。山吧，我还会来的。我喜欢你的朴素，喜欢你的清新，喜欢这里的一切……

人间仙境——黄台湖

王子鉴

今天早上七点，我们终于向心驰神往已久的黄台湖进发了。太阳经过一夜的休整，精神抖擞地射出万道金色的光芒。天空变得更蓝了，几朵白云自由自在地舒展着筋骨，像是为我们送行。小鸟也在树枝上叽叽喳喳地叫个不停，它们仿佛也要和我们一起去旅行。一路欢歌笑语，很快我们就来到了目的地——黄台湖。

从高处俯视黄台湖，只见它犹如一幅美丽的画卷展现在我们面前。绿绸般的湖水，一直伸向远方。阳光照在波光粼粼的湖面上，像给水面铺上了一层闪闪发光的碎银。远远望去，湖面上白帆点点，一只只小船好似一片片树叶在水面上飘荡。岸边，垂柳拂水，三三两两悠闲的老人在树林中下棋、谈天。湖中央矗立着一幢幢玲珑精巧、错落有致的中式小楼，给人一种江南水乡之美。小楼的后面，高大雄伟的斜拉大桥横跨湖面，大约有一百多根斜拉索把大桥稳稳地支撑住，大桥在明媚的阳光下显得十分壮观，好一幅美丽的人间仙境呀！

我们迫不及待地沿着大桥向右拐，然后顺着石阶飞奔而下。来到黄台湖码头，盈盈的湖水一直荡漾在脚边，风一吹，小浪争先恐后地涌来，很快却又像被谁拽住似的，马上退了回去。水里的鱼儿虾儿在我们眼前游来游去，好像在和我们打招呼，我们也高兴地与它们玩了起来。岸边那体形巨大、能装一百多人的"钢铁一号"大船吸引了同学们的目光，大家纷纷与它合影留念。

半个小时后，老师让我们沿着鹅卵石铺成的小路向南走，脚踩在鹅卵石上面，感觉舒服极了。不知何时，蝴蝶已在我们头顶飞来飞去，像是在为我们引路。闻着花香，我们走了一百多米就到了黄台湖公园。

走进公园，一股浓郁的香气扑鼻而来，同时吸引着我们来到石头砌成的花坛边，花坛里盛开着五彩缤纷的花朵。有红的、黄的、粉的、绿的，争妍斗艳。有的花朵含苞待放，有的花朵已经绽放，千姿百态。小蜜蜂围着花坛载歌载舞。花坛边的草丛里有各式各样的灯，还有许多栩栩如生的假蘑菇、假动物。旁边的游乐场里，不时传出孩子们的欢笑声……

沿着平坦的大道往前走二百米，就来到了橡胶坝。我最佩服的是建造大坝的劳动人民，是他们用汗水和智慧创造了这一奇迹，创造了这一人间仙境。大坝前的两尊雕塑"永恒的太阳"、"春华秋实"大概就是对他们丰功伟绩的赞美吧！

我们来到大坝前的沙滩上，玩儿到下午两点多才恋恋不舍地离开这人间仙境——黄台湖。

雪

王敬婷

今天早上，我起床洗脸的时候，突然感到有些寒冷，便走到阳台去关窗子。一打开窗帘，一片片小雪花就一起飘进了屋里，飞到了我的脸上。我把眼睛睁得大大的，仔细一看："哇，下雪啦！太好了！""瞧把你高兴得又蹦又跳的，至于吗？"妈妈笑着说。

吃完饭，我马上穿好衣服，拿起书包就冲出了家门。"小心点，别滑倒了！这孩子，没见过雪呀！"身后传来妈妈的嘱咐。"噢，知道了。"

出了楼门，放眼望去，一片银装素裹的世界！雪落在玉兰树上，像是给玉兰树戴上了一顶白色的帽子。雪落在屋顶上，像是给房子涂上了一层白漆。雪落在松树上，像是开出了一朵朵白色的小花。雪落在草地上，像是给小草盖上了一张又大又厚的被子，更像是为人们铺了一层银白色的地毯。脚踩在雪上，发出一阵阵咯吱咯吱的响声。走在路上，我小心翼翼的，生怕滑倒了。只听"哎呀"一声，一个小哥哥摔倒了，一位过路的叔叔赶紧扶起他，说："小心呀，路太滑了。"我虽然很小心，可还是摔了一个大跟头，变成了一个大雪人。

刚到学校门口，远远地就听见一阵阵欢笑声。一进校门，同学们有的滑雪，有的打雪仗，有的堆雪人，有的扫雪。我真后悔，后悔自己没有早点来学校。你瞧他们，你追我赶的，玩儿得多开心呀！

雪洁白无瑕，给人们带来了欢乐和舒畅，它净化了空气，带走了细菌，使人们少得病，让植物好好生长，给大地以滋润，为来年的播种提供条件，为来年秋天的丰收打下基础。

洁白的雪呀，我爱你，你给人们带来了欢乐！我要向你学习，学习你那无私奉献的精神。